KB199608

문학과지성 시인선 617

숲속의 대성당

남진우 시집

문학과지성사

문학과지성사에서 펴낸 남진우의 시집

죽은 자를 위한 기도(1996)
타오르는 책(2000)
새벽 세 시의 사자 한 마리(2006)

문학과지성 시인선 617
숲속의 대성당

펴낸날 2025년 5월 22일

지은이 남진우
펴낸이 이광호
주간 이근혜
편집 윤소진 허단 김필균 이주이 유하은 최은지
마케팅 이가은 허황 최지애 남미리 맹정현
제작 강병석
펴낸곳 ㈜문학과지성사
등록번호 제1993-000098호
주소 04034 서울 마포구 잔다리로7길 18(서교동 377-20)
전화 02)338-7224
팩스 02)323-4180(편집) / 02)338-7221(영업)
대표메일 moonji@moonji.com
저작권 문의 copyright@moonji.com
홈페이지 www.moonji.com

ⓒ 남진우, 2025. Printed in Seoul, Korea

ISBN 978-89-320-4403-3 03810

문학과지성 시인선 617

숲속의 대성당

남진우

시인의 말

저울 위에 말을 올려놓는다
민감하게 흔들리는 눈금이 영점을 향해 가라앉는다
얼어붙은 말 파닥거리는 말 달아나는 말 흩날리는 말 말 말들

혀끝에 말을 올려놓는다
민감하게 흔들리는 혀의 저울

2025년 5월
남진우

숲속의 대성당

차례

2부 초대받지 않은 손님

해설

1부
러시안룰렛

새를 접다

새를 접는다
차곡차곡 머리와 날개와 몸통을 접고 또 접는다
새의 몸에 그어진 보이지 않는 선을 따라
부리에서 꽁지까지 앙상한 두 다리에서 발톱까지 다 접
고 나면
내 손엔 가느다란 깃털 하나만 남는다
엄지와 검지 사이 가녀리게 떨고 있는 깃털
훅 불어 날리는 순간
새가
어느새 한 마리 새로 피어난 새가
가볍게 날개를 펼치고 허공 위로 떠오른다
아무리 접어도 접히지 않는 새가 빛 속으로 멀어져 간다

안개

이른 아침
안개 속으로 들어간다

자욱한 안개 속에
풀이 자라는 소리와
양들이 풀 뜯어 먹는 소리가 들린다

나를 에워싸는 안개 속에서
나도 안개를 뜯어 먹으며 헤매다 보면 어느새
내 몸에서 안개 자라는 소리가 들리고
나도 어느덧 안개를 뿜어내며 걷고 있다

안개가 내린다
안개 속에 혼곤한 잠이 내린다
모든 소리마저 삼켜버린 고요한 안개 속에
나 홀로 두 손 가득 안개를 움켜쥐고 뜯어 먹다 문득
아득히 텅 빈 사방을 둘러본다

풀밭도 양떼도 사라진 안개 속

어디선가 무럭무럭 자라오르는 안개가
소리 없이 나를 먹어치우고
끝없이 안개를 뿜어내고 있다

안개 걷힌 자리
안개가 먹다 남긴 내가 서 있다

주일

일요일

폐허가 된 교회 정문 앞

한 손에 죽은 새를
다른 한 손에 지구본을 들고
그가 서 있다

달걀을 깨뜨리면
흰자 속에 피로 물든 눈알이 떠 있곤 했다
다시 깨뜨리면 주르륵
실뱀이 흘러나왔다

테라스 흔들의자에 앉아
멀리 운석이 불타며
떨어져 내리는 것을 지켜본다

우주 공간을 유영하는 해파리들이 유령처럼
지구 주위를 배회하고 있다

일요일

지구본이 도는 것을 멈추자

죽은 새가 깨어나 지저귀기 시작했다

죽은 왕녀를 위한 조곡

총소리 울려 퍼지고
새장 속의 새 한 마리 창밖으로 빠져나간다

지금 막 가지에서 떨어져 나온
사과 한 알 허공으로 빨려 들어가며
점점 어두워지는 하늘에
사과빛 노을로 번져나간다

다시 총소리 울려 퍼지고
산산조각 난 새의 몸을 비집고
열쇠들이 짤랑거리며 대기 속에 흩어져 내린다

새장이 닫히고
횃대 위에 앉은
묵직한 열쇠 꾸러미를 든 노파가
하염없이 나를 노려보고 있다

길 위에서 1

길 가던 고슴도치가
밤송이를 만나서 말했다
이봐 그딴 가시 좀 치워주지 그래
길 가는 데 방해가 되는구먼
밤송이는 말이 없고
그 옆에서 밤껍질을 갉작이고 있던
다람쥐가 말했다
너도 그 곤두세운 가시 좀 치워보지 그래
그 속에 무엇이 들었는지 확인해보게
고슴도치가 지나가고
다람쥐도 사라지고
길 위엔 알맹이 없는 밤송이만 남았다
지나가는 바람에 밤송이가
중얼거리는 말이 새어 나왔다
내가 스스로 익어 벌어지기 전까진
내 몸에 손가락 하나 까딱하지 못하던 것들이

길 위에서 2

무도회가 끝나고
한쪽 발에 유리구두를 신은 소녀가 걸어온다
절룩이며
비틀거리며
재투성이 밤 속으로 들어선다
꾸역꾸역 사방에서 밀려오는 재에 잠겨 들어가며 소녀는
거대한 홀과 시끄러운 음악과 독한 술냄새가 사라진 다
음의 고요 속에서
자신을 에워싸는 반딧불이의 물결에 휩싸인다
개울과 수풀을 가득 채우고 흘러가는 반딧불이들이
소녀의 찢긴 옷과 흐트러진 머리카락에 점점이 달라붙
는다
무겁게 자신을 짓누르던 왕자들이 떨어져 나가고
그녀 홀로 헤매고 다니던 텅 빈 새벽 거리
재에 뒤덮여 쓰러져 잠든 소녀의 몸 위로
요정이 뚜쟁이 같은 미소를 지으며
내려다보고 있다

기형도

물에 녹는 물고기처럼
공기에 녹는 새가 있다

마악 날개를 펼치고
대기를 날아가는 속도 그대로
사라지는 새가 있다

눈부신 빛 속으로 녹아들면서
캄캄한 어둠 속으로 스며드는 새

똑 똑 똑
허공에 물방울로 맺힌 새가
내 머리칼과 어깨 위로 떨어져 내린다

거세 콤플렉스

바닷속에 폭설이 내리면
눈보라를 피해 정어리떼와 돔발상어가 숨어든 동굴에
피노키오 네가 잠들어 있을 것이다
겨울잠 자는 네가 꿈속에서 한없이 길어지는 코를 잘라
달라고
아빠에게 애원하고 있을 것이다

그물 사이로

낚싯바늘을 문 물고기가
입이 찢긴 채 바다로 돌아왔다

잠시 수면 바깥에서 본 세상을 눈에 담고
짙푸른 바닷속을 헤엄친다

찝찔한 바닷물에 놓아 보내는 물고기의 피
입가의 살점이 덜렁거릴 때마다
물고기는 더 빠르게 더 깊이 물속으로 잠수한다

물속의 물이 그를 감싸고
어둠 속의 어둠이 그를 조여 안는다
일렁이는 물결 따라 잠시 머리를 드러냈다가
파도 저편으로 사라지는 물고기

도마 위에 놓인 물고기가 뻐끔거리며
두고 온 바닷속의 생을 헤아리는 동안
어부는 회칼을 들어 물고기의 배를 가른다

도마 위에 바다가 엎질러진다

러시안룰렛

관자놀이에 총구를 대고
누군가 말을 하는 거야
우리 재미있는 놀이 한번 해볼까

너와 나, 장방형의 식탁을 마주하고 앉아
소금이 든 통과 설탕이 든 통
각자 하나씩 붙잡고 한 숟갈씩 퍼먹는 거지
누가 더 많이 누가 더 오래 먹으며 버티는가
내기하는 거지

하얀 소금의 산과 하얀 설탕의 산을 앞에 두고
단맛과 짠맛을 누가 더 오래 즐기며 등반할 수 있는지
허덕이며 구역질하며 쌔하얀 지옥을 통과할 수 있는지

두 사람 가운데 누가 숟가락 먼저 놓으면
그냥 한 방 갈기는 거지
어때 재미있을 거 같지 않아?

소금이든 설탕이든

하얀 설원에 머리 처박고 죽을 수 있다는 거
설탕으로 졸인 붉은 잼이나
소금을 달인 검은 간장 같은 피를 흘리며

짜거나 달거나
인생 그만이야
탕! 타아앙!!!

파라노이아

저녁 식탁 위에 둥근 접시가 하나 놓여 있다

텅 빈 접시였는데
자세히 보니 양송이수프가 담겨 있고
거기 쥐가 한 마리 빠져 있다

살며시
긴 꼬리를 잡아 공중으로 들어 올리니
까만 눈을 반짝 뜨고 나를 쳐다본다

너, 허락 없이 떠났다 몰래 숨어서 돌아온 탕자여
들녘의 파수꾼이 단잠에서 깨어나기 전에
바람난 너를 머리부터 씹어 먹어야겠구나
한 입 베어 무는 순간
아드득 뼈 바수어지는 소리와 함께
누군가 사납게 내 머리를 욕조에 처박는다

저녁 식탁 위에 둥근 접시가 하나 놓여 있다
부글부글 양송이수프가 내 온몸을 감싸고 끓어오른다

회전목마가 멈추자

장전된 총이 일제히 불을 뿜으며

저녁 하늘에 거대한 불꽃놀이를 펼친다

유리창

깊은 밤
꿈속에서 아이들이 돌을 던지면
그 유리창은 날아오는 새를 숨겨주듯
돌을 삼켜버리곤 했다

아무리 돌을 던져도 깨지지 않고
새를 삼킨 검은 입처럼 어둠 속에 높이 버티고 선
유리창

아침이면
벌컥 창이 열리고
뚱뚱한 남자가 몸을 기울여 창밖으로
돌멩이를 토해내곤 했다

새잡이

불 속에서가 아니라면 그대는 어디서 새를 잡는가
― 노발리스

새잡이가 타오르는
불 속에 뛰어들어 새를 잡고 있다

타닥타닥 푸르게 일어서는
불의 가지에서 가지로 건너뛰며
허공 속으로 꺼져드는 새를 잡고 있다

잡힐 듯 잡힐 듯 손아귀 바깥으로 빠져나가는
새를 따라
불 속에서 새잡이들이 춤을 추고 있다

이글이글 불 밝힌 포장마차
꼬챙이에 꿴
까맣게 탄 새잡이의 시신을 뜯어 먹으며
새들이 지저귀고 있다

에세이스트의 아침

참새들이 종 종 종
빵 부스러기를 찾아 벤치 주변을 맴돈다

참과 거짓 사이에
저처럼 갈피 없이 끼어드는 것들은 없으리라

훅 불면 일제히 날아오르는
공원의 참새떼

진실은 늘 짹짹거리며
빵 부스러기 주변을 오간다

빵과 포도주

포도 따는 계절이 오면
포도밭으로 가
포도알을 따 담았지
가끔 사람들이 땅에 흘린 눈알도 주워 담았지

바구니는
아이들에게 줄 빵으로 가득하고
거기 점점이 포도알이 박혀 있었네
간혹 고양이가 흘린 눈알도 박혀 있었네

포도 따는 계절이 오면
술을 빚는 사람들
멍울져 흘러내리는 눈망울을 마시며
한 시절 눈알을 따고 있었네

거북의 노래

토끼야
네 간과 쓸개를 내놓아라
내 너의 생간을 씹고
너의 쓸개를 핥으며
바다 밑 긴 겨울밤을 견디겠다

물속에 가라앉은 폐선 제일 밑바닥
부서진 뱃조각에
짧은 목 접고 웅크리고 앉아

토끼야
깊고 깊은 바다 밑의 밤
불타는 네 간과 쓸개로 환히 밝히고
천년 적막한 용궁의 꿈을 꾸겠다

앙겔루스 노부스

그
새는
전신이 폐허이고 사막이다
그 안엔 바람에 쓸리는 기인 모래언덕이 잠들어 있다
새가 날아오르는 순간
벌거벗은 천사가 고개를 돌리고 캄캄한 빛 속으로 꺼져
들어가는 순간
죽은 자들이 누워 있던 땅이 갈라지며
깊은 어둠 속으로 무너져 내린 왕궁과 사원이
모래를 헤치고 떠오른다

검은 안개로 뒤덮인 수용소의 밤
봉쇄된 국경 검문소의 밤

침묵의 소음에 놀란 새가
소스라치듯 솟아오른다
밀려오는 회오리에 휩싸여
폐허의 돌기둥을 쓰러뜨리며
사막이 지평선 저 너머로 퍼져 나간다

2부
초대받지 않은 손님

인류세

── 애플을 추억하며

선악과 베어 문 자리에
구더기가 꼬물거린다

이브는 미소 지으며
말없이 아담에게 사과를 건네주었다

불 켜진 노트북 화면 위에
구더기들이 꼬물거리며 지나간다

이상한 나라의 뱀파이어

떨어지는
끝없이 밑으로 떨어져 내리는
바닥 없는 바닥으로
어둠 속으로
떨어지고 있는
그녀는
회중시계를 보는 토끼와
미친 모자 장수를 쫓아
아래로
저 아래로 달려 내려가는
그녀는
안경을 쓴 늙은 거북과 대화하고
담벼락 위의 달걀과 인사하며
길어졌다 짧아지고
다시 길어지고
빛보다 빠른 속도로
빗방울보다 느린 발걸음으로
휘날리는 꽃잎과
흩어지는 트럼프장을 헤치고

물결치는 거울 속으로
우물 속으로
토끼굴로
멀어지고 있는 그녀는
지금
내 품 안에 잠들어 있다
목덜미의 피를 빨리고 나른히
죽어가는 새하얀
나의 앨리스

정원의 노래

그날 새벽
커튼을 젖히고 테라스로 나서는 순간
우리 집 정원은 달팽이들로 가득했어요

바위와 나무 사이
초록 이끼와 갈변한 잎사귀 사이
온갖 달팽이들이 기어다니고 있었죠

납작달팽이 뾰족달팽이 물달팽이 참달팽이
명주달팽이 왕달팽이 집 없는 민달팽이까지

끈적끈적한 액체를 사방에 뿜어내며
달팽이들이 우리 집 정원을 먹어치우고 있었어요
조그만 더듬이를 부지런히 움직여대며
나선의 패각 속에 몸을 숨겼다 드러냈다 하면서

달팽이들이 느릿느릿 정원을 산책하고 있었어요

달팽이가 나아가는 속도로
정원의 초록은 시름시름 시들고
내 발밑으로 잎사귀들이 져 내렸죠

태양은 정원에 굶주린 죄수들을 풀어놓고
마음 놓고 먹으라는 듯 내리쬐고 있었고
상추와 치커리 버섯까지 먹어치운 달팽이들이
어느덧 내 발등을 타고 기어오르고 있었죠

그날 새벽 무릎에서 허리로
나는 달팽이로 뒤덮여가며 사각사각
달팽이들이 나를 먹어치우는 소리를 듣고 있었어요

땀에 젖은 내 뺨에도 달라붙은 머리칼에도 달팽이가 스
며들고
내 눈꺼풀에도 내 귓바퀴에도 달팽이가 숨어들고 있었

어요
　이제 곧 인부들이 삽과 곡괭이를 들고 와
　나를 파묻을 거예요 황폐한 정원을 달팽이에게 내준 채
　나는 땅속에서 축축한 꿈을 꾸겠죠

　그날 새벽 정원엔 나 혼자였어요
　내가 가꾼 정원이 무성하게 시드는 것을 보며
　땅속의 어두운 달팽이관 속으로 웅크리고 들어갔어요
　달팽이들이 쉭쉭거리는 속삭임을 들으며 이제 나는
　영원히 깨지 않는 잠을 잘 거예요

계단족

이른 아침부터 그는 계단을 오른다
계단을 올라가며 그는 계단을 삼킨다
목구멍 속으로 배 속으로 출렁이는 계단을 밀어 넣으며
그는 한 걸음 다시 한 걸음 계단을 오른다
속이 뒤틀린 채 식은땀을 흘리며
길게 구불구불 이어지는 층계를 딛고
끝없이 펼쳐진 나선형 계단을 오른다
헉헉거리며 그가 계단에 매달려 계단을 삼키며 기어오
르는 동안
지난밤 계단을 타고 내려간 쥐떼가 등 뒤로 몰려오고
보고서가 진단서가 설문지가 내려갔다 올라오고
난간에 기대고 선 젊은이들은 눈부신 햇살 아래 사랑을
속삭이다 사라진다
저 멀리 계단 위에 깃발이 펄럭이다 그치고
구름이 흘러 들어왔다 흩어지는 동안
그는 구겨진 건반 같은 계단을 삼키며 올라간다
한 계단을 오르면 푸른 바다가 펼쳐지고
다시 또 한 계단 올라서면 멀리 지평선 너머 기차가 달
려온다

비 내리는 열대우림을 지나 안개에 잠긴 포도밭을 지나
끝없이 휘어지며 굽이치는 계단을 오르는 동안
검은 달이 뜬 사막의 밤이 저물고
노란 해가 뜬 극지의 낮이 스쳐간다
계단을 오를수록 계단은 끝없이 더 높이 올라가고
그는 자신이 계단을 오르는 건지 계단이
자기 앞으로 무너져 내리는 건지 알 수 없는 상태로
한 단 다시 한 단 계단을 삼키며 계단 속으로 빠져든다
이른 아침부터 날이 어두워지도록
그는 계단을 오르며 계속 계단 속에 삼켜진다
마침내 하루가 저물면 간신히 발 딛고 선 자리
그 까마득한 계단 저 위에서
그는 온종일 삼킨 계단을 일제히 토해놓는다
계단이 그토록 많은 계단이 입 밖으로 길게 기어 나오며
기적 소리를 낸다
쏟아져 내리는 계단들
부서져 흩날리는 계단들
계단 옆 난간을 붙들고
그는 자신의 발밑에서 꺼져 들어가는 계단을 본다

마지막 계단을 토해내는 순간

그의 몸도 계단 아래 깊은 어둠 속으로 떨어져 내린다

범죄의 재구성

밤
탐정 대신 고양이가 왔다

살인 사건은 결코 끝나는 법이 없지
확대경을 들고 계단의 핏자국을 따라 올라가며
고양이가 말했다

침실엔 쓰러져 누운 미망인
창문은 열려 있고
범인은 외벽 홈통을 타고 옥상으로 올라간 게 분명했다

칼인가 권총인가 아니면 독약인가
어쩌면 노끈으로 목을 조른 것일 수도 있지
치켜올린 꼬리로 잠시 현장의 대기를 점검하며
고양이는 습도와 먼지의 이동을 추적한다

게으른 형사들이 늘 놓치고 지나치는 것들
희미한 지문과 허공에 일렁이는 향수 냄새를 쫓아
체스판 여기저기 암호처럼 흩뿌려진 단서들을 찾아

액자에 남겨진 침 한 방울 책장의 접힌 얼룩까지

그 어떤 것도
고양이의 눈을 벗어나지 못한다

돈인가 원한인가 아니면 또 다른 함정인가
현장 감식을 마친 고양이가 삐걱이는 마루를 딛고
성큼 창틀 위로 올라간다
유리창 밖 환하게 뜬 보름달에
먼저 다녀간 범인의 큰 발자국이 찍혀 있다

목격자는 없지만 저 달은 모든 것을 지켜보았지
허공으로 뛰어오른 고양이가
달 속으로 멀어져 간다

컬렉터

매일 아침 나는 꿈을 수집한다

지난밤 나를 거쳐 간 꿈을 병 속에 넣고 마개로 단단하게 막아 놓는다

유리병 도자기병 호리병…… 밀봉한 온갖 병 속에 갇혀 아무 데도 나가지 못하는 꿈들

다락방에서 지하실까지 나는 내 집 선반 위에 그 병들을 가지런히 늘어놓았다

꿈들은 병 속에서 저마다의 빛깔로 익어가기 시작하고

어둠이 내리면 단단한 마개 사이로 은밀히 술향기가 번져 나온다

나를 취하게 하는 꿈, 숱한 꿈들이 병에서 새어 나와 밤의 어둠을 타고 흐른다

매일 밤 내 집은 꿈들로 가득 찬다

공기 중에 떠도는 꿈, 바닥 여기저기 엎질러진 꿈, 소리 없이 흩날리는 꿈, 어디론가 흘러갔다 되돌아오는 꿈

내가 다시 새로운 꿈을 꾸는 동안 옛날 꾸었던 꿈의 향기가 새어 들어와 뒤섞이고

나는 매번 꿈을 꾸며 이것이 언제 꾸었던 꿈인지 혼란스러워 하며 이 꿈 저 꿈을 헤매 다닌다

어느 날 더는 집 안 가득한 향기에 견디지 못한 나는

꿈속에서 병을 열고 하나씩 꿈을 마시기 시작했다

지하실에서 다락방까지 마실수록 나는 취해갔고 취할수록 나는 꿈에 시달리며

내가 걸었던 모든 거리, 내가 만났던 모든 사람, 내가 한 모든 말을 일순간에 다시 만났다

마침내 나는 토하기 시작했다

내가 토해낸 큼직한 토사물, 온갖 꿈의 잔해로 뒤덮인 악취 나는 그 토사물에서 서서히 한 모습이 솟아오르기 시작했다

마인이,

내가 꾼 그토록 수많은 꿈들로 빚어진 마인이, 온갖 병들에 갇혀 나올 기회만 엿보고 있던 마인이 내 앞에 우뚝 서 있었다

지상의 모든 꿈의 빛깔로 물들여진 거대한 마인이 내게 물었다

이제 넌 무슨 꿈을 꾸고 싶니?

킹 퀸 그리고 잭

탐정이 내 꿈에 들어와 방을 수색했다
벽과 천장의 모든 틈을 살피고 서가의 책을 뒤지고
양탄자 무늬를 헤아리며 탐정은 아직 일어나지 않은 범죄의 범인으로 나를 지목했다
뻐꾸기시계가 자정을 알렸고
테이블 위 체스판의 왕과 왕비는 한가로이 정사각형의 뜨락을 산책하고 있었다
가끔씩 분수대에서 물보라가 솟구쳤다 가라앉는 동안
왕을 시해할 청년이 궁전의 그늘진 계단을 지나 회양목과 석상이 늘어선 정원으로 한없이 다가가고 있었다
혈흔 한 점 머리카락 한 올 남기지 않는 범행의 끝

탐정은 기어코 욕실의 거울 뒤편에서 다음 사건에 사용될 칼과 노끈을 찾아내고야 말았다
이제 당신은 나와 함께 가야 하오
그가 손가락으로 체스판 위의 기사 하나를 쓰러뜨리며 말했다
희생자는 아마도 다른 꿈에서나 밝혀질 것이오
그 꿈에선 당신이 나를 쫓을 것이고 나는 어느 새벽 길

모퉁이에서 이 칼로 당신을 찌를 것이오

　나는 그의 손에 들린 노끈을 보며 언젠가 내가 목을 졸라 죽일 청년의 꺼져가는 눈빛을 떠올렸다

　그토록 많은 꿈에서 탐정과 내가 이런 모습으로 만나는 것은 드문 일이었다

　수색은 끝났고 탐정은 다시 다른 범행의 수사를 위해 떠날 채비를 했다

　서서히 날이 밝아오고 있었다

　저 아래 아득히 먼 정원으로부터 새벽을 알리는 새들의 지저귐이 밀려왔다

　끝없이 평평한 정사각형으로 이루어진 세계의 끝에서 왕이 왕비를 돌아보며 엄숙하게 선언했다

　우리 운명은 그냥 누군가 장난삼아 두는 체스판의 말에 지나지 않소

　암살자의 칼날이 왕에게 막 다가서는 순간이었다

　꿈의 바깥 어디선가 체크! 외치는 소리가 들려왔다

심야의 정담

폭풍우 치는 밤
그대에게 악마가 찾아오면
일단 의자를 권하라

푹신한 소파는 필요 없다
그냥 등받이와 팔걸이가 있는 의자면 된다
심심한 악마는 딱딱한 의자에 앉아
긴 토론을 하는 것을 좋아한다

진한 커피를 마시며
밤새도록 듣는 커피 칸타타
악상이 떠오르지 않는 밤 수평선 너머
끝없이 멀어져 가는 배를 떠올리며 듣는 아다지에토

악마는 말이 없고
그대는 악마에게 찾아온 이유를 묻지 않고
악마가 일어날 무렵
심각한 악마에게 시달릴 대로 시달린 의자는
온통 긁히고 휘어져서 쓰러지기 직전이다

다음에 다시 오지
악마는 그대에게 윙크하며 사라질 것이다

이 세상엔
인간이 아니라
의자와 대화하기 위해 찾아오는
심오한 악마도 있는 것이다

초대받지 않은 손님

초인종을 누르자

소리는 나지 않고 한 줄기 피가 벽을 타고 흘러내렸다

발아래 문틈으로 상한 우유와 녹아내린 치즈가 흘러나
왔다

문이 열리고 남편과 아내가 걸어 나왔다

이마에 도끼가 박힌 남편과 가슴에 칼이 꽂힌 아내가
환히 웃으며

우리를 마중 나왔다

준비해 온 꽃다발을 건네며 방아쇠를 당기자

아내가 가슴을 움켜쥐고 쓰러지고

남편이 머리를 쥐어뜯으며 넘어졌다

모든 게 연극일 뿐이야 중얼거리며 현관과 복도를 지나

우리는 걸어갔다

식탁 주위엔 초대받은 손님들이

술잔을 치켜들고 건배를 외치는 모습으로 널브러져 있
었다

독약을 삼킨 얼굴로 푸르뎅뎅하게 굳어가고 있었다

아직도 살아서 컹컹대는 강아지를 쏘고

주방 바닥의 엎질러진 소스를 핥는 고양이를 쏘며 우리

는 전진했다

　거실 텔레비전에선 초대받지 않은 손님에겐 문을 열어
주지 말라는

　경고 방송이 계속 흘러나오고 있었다

　베란다 창밖으로 불 꺼진 아파트 단지가 내다보였다

　가끔 총성이 울릴 때마다 불꽃놀이하듯

　건너편 아파트 창이 밝아졌다 어두워졌다

　세상은 고요했고 우리는 할 일을 마쳤다

　모든 게 연극일 뿐이야 내가 중얼거리자

　이제 곧 막이 내릴 거예요 아내가 대답했다

　거실 소파에 앉아 신문을 펼치자 아내가 차를 끓여 왔다

　딩동, 환청처럼 초인종 소리가 들렸다

　여보 손님이 왔나 봐, 고개를 돌리는 순간

　아내가 내 가슴을 칼로 찔렀고

　나는 마지막 힘을 모아 도끼를 내리쳤다

미모사

어항 앞에서
미모사,라고 중얼거린다
어항 속의 물고기가 무슨 신호라도 받았는지
둥근 눈으로 유리벽 이편 나를 노려본다

어항 속에서
어항보다 더 큰 미모사가 가득 피어나
수면 위로 커다란 꽃을 피워 올린다
물고기가 미모사 줄기를 타고 지느러미를 퍼득인다

내가 내쉰 숨을 따라 허공에 미모사가 일렁인다
미모사는 해저에 가라앉은 도시 같고
죽은 미망인의 수수께끼를 다룬 빛바랜 드라마 같고
은하 저편 일어난 행성의 폭발 같다

미모사, 다시 내가 중얼거리자
어항은 겨울 빙판 아래 갇힌 물처럼 고요해지고
은밀히 산란을 준비하기 시작한다

미모사가 얼음을 딛고 푸르게 뻗어 오르고 있다
허공에 떠오른 잎과 줄기가 방 안의 공기 속을 부드럽
게 헤엄치는 동안
나는 어항 앞에서
어항 속의 물고기와 눈을 맞추고
내 머릿속을 헤엄치는 물고기를 지켜보고 있다

미모사 줄기가 나를 휘감고
내 팔과 다리 머리와 가슴에 물고기를 피워낸다
오므라드는 미모사 이파리가
사방에서 나를 휘감고 죄어든다

미모사
나는 어항 속에 있고 어항 바깥
나를 지켜보던 물고기가 무슨 신호라도 받았는지
둥근 유리벽 저편으로 멀어져 간다

마술사

그는 불을 먹는 마술사였다
한입 가득 불을 머금고 머리 위로 뿜어내면
허공에 둥근 무지개가 그어지곤 했다

그때마다 아이들은 손뼉을 치고
아가씨들은 외마디 소리를 지르곤 했다
때로 그는 불로 허공에 글씨를 쓰기도 했고
신이 나면 불새들이 깃을 치며
그의 입술 사이로 빠져나오기도 했다

그때마다 사람들은 환호했고
그네에 매달린 난쟁이가 불어대는 나팔소리에
불의 무지개를 넘나들던 새들이 폭죽처럼 터져 나갔다
불을 먹고 불을 토하며 그는 세상을 떠다녔다

그는 불을 먹는 마술사였다
식탁에 차려진 빵과 고기를 외면하고
밤이면 밤마다 독한 술만 몸속으로 부어 넣었다
그가 앉았다 일어난 자리마다 검게 탄 자국이 남곤 했다

아이들이 손뼉을 치고 아가씨들이 소리를 지르는 동안
앙상하게 뼈만 남은 그는
어느 날 마지막 힘을 쥐어짜 불을 마셨다

타오르는 불이
그의 목구멍 속으로 잠겨들었다 다시 뿜어져 나오는 순간
거대한 활화산이 폭발하는 소리와 함께
검붉은 용암이 사방으로 흘러나왔다
아이들이 소리 지르고 아가씨들은 달아났다

불을 먹는 마술사가 쓰러져 죽은 자리
사람들은 작은 비석을 세웠다
——여기 불을 마시고 무지개를 피워 낸 마술사 잠들다

오랜 세월이 흐른 후
온몸에 불을 붙이고 거리를 달리는 젊은이들이
하나둘 보이기 시작했다

어느 날엔가 어느 곳에서

구름모자를 쓰고 그가 왔다
얼굴을 보여주시오
신문을 보다 말고 나온 아버지가 말했다
구름을 걷어 내자 아무것도 없었다
그보단 밀짚모자가 차라리 낫겠소
아버지가 문을 쾅 닫아걸고 신문을 보러 갔다
나는 집 주변을 에워싼 구름 속에서
그가 중얼거리는 소리를 들었다
새가 지면 꽃들이 지저귈 거야
마당에 툭툭 새들이 떨어져 죽자
장미와 백합과 수국이 일제히 꽃잎을 펼치고 지저귀기
시작했다
구름모자를 쓴 그는 천천히 움직였다
신문을 다 본 아버지가 변기의 물을 내리자
욕실에서 자욱이 수증기가 새어 나왔다
구름은 마을을 넘어 앞산 뒷산을 넘어 먼 바다로 퍼져
나갔다
정신없이 구름 속을 헤매다 구름모자 아래 빛나는
눈동자와 마주친 사람들이 놀라서 달아났다

가물가물한 구름 속에서 넘어지고 미끄러지는 사람들
투성이였다

　언제까지 저치가 마을을 멋대로 돌아다니게 내버려둘
순 없어요

　연속극을 보다 말고 나온 어머니가 말했다

　구름을 헤치고 들어간 어머니가

　바람구두를 신고 어슬렁거리는 그를 만났다

　구두를 벗고 왼발을 감싼 붕대를 풀어보세요

　구름 속에서 흰 붕대가 끝없이 풀려나와

　어머니를 칭칭 휘감았다

　서서히 구름이 걷히자 꽃들이 숨을 죽이고

　새들이 다시 지저귀기 시작했다

　마을 사람들이 거리로 나와 하얗게 빛나는 어머니를 에
워쌌다

　사람들이 무릎을 꿇고 우러르며 기도문을 암송하자

　어머니가 말했다

　설거지를 마저 끝내야 해요

　하얀 어머니가 새소리와 꽃향기를 몰고 집으로 돌아왔다

　덧창을 내리고 문단속을 하던 아버지가 멀리

수평선 위에 어른거리는 구름을 보며 나직이 중얼거렸다
이제 곧 폭풍우가 닥칠 모양이오

검표원

밤기차를 타고 가다
검표원을 만난다

아무리 호주머니를 뒤져보아도 차표는 나오지 않고
기차는 나를 들판 한가운데 내던져놓고
멀리 어둠 속으로 사라져버린다

잘 가라 내 청춘의 열차여

멀어져 가는 기차를 향해 손을 흔든다
하염없이 두 줄기 레일을 따라 걷다 보니 어느덧
정거장도 없는 낯선 황야 한복판
다음 열차가 내 뒤에 멈춰 서 있다

기차가 출발하자마자
동일한 검표원이 다가와 다시 손을 내밀고
이번엔 바지 주머니에서 너무도 쉽게 승차권을 꺼내 주
지만
　그는 고개를 저으며 이건 앞선 기차의 차표라고 한다

지금 당장 달리는 기차에서 뛰어내리라는 말에
내가 허공으로 몸을 날리는 순간
기차는 철교를 지나 길고 긴 터널로 진입하고
나는 텅 빈 식당칸 의자 위로 내동댕이쳐진다

테이블엔 먹음직한 음식이 차려져 있고
나는 나이프와 포크를 들고 부지런히 엄숙하게
샐러드를 입에 쑤셔 넣기 시작한다

기차는 여전히 휘어진 터널을 끝없이 빠져나가는 중이고
두툼한 스테이크가 비워진 타원형 접시 위에
반짝거리는 차표 한 장이 놓여 있다

밤기차는 들판을 가로지르고
나는 차를 마시며 차창 밖 어둠 속으로 스러지는 풍경
을 바라본다
들판엔 내 흔적을 찾는 수색대의 호각 소리와
사냥개 울음소리가 한창 울려 퍼지고 있다

잘 가라 내 청춘의 열차여

차표까지 우물거리며 삼키고 나자
검표원이 다가와 다시 표를 요구한다

금지된 장난

어느 날 아빠는 내 앞에서
엄마 젖가슴을 움켜쥐더니
봐라, 이건 나쁜 젖가슴이야
이건 네게 더는 신선한 젖을 주지 않아
엄숙하게 선언했지요
아빠의 손길 따라
엄마 젖가슴은 볼품없이 덜렁거리고
엄마의 야윈 어깨도 따라서 앞뒤로 흔들거렸지요
금방이라도 벽에서 미끄러져내릴 것 같은 밀가루 반죽
을 보며
나는 괜찮아 나는 상관없어
나는 저것 없어도 돼 도리질했죠
나쁜 젖가슴은 무럭무럭 부풀어 오르고
어두워오는 하늘을 향해 검은 우유를 뿜어냈어요
나쁜 젖가슴이 흘린 젖이 집 안 여기저기 곰팡이꽃을
피웠어요
그때부터예요
나는 아무런 문이나 부여잡고 비역질을 해댔어요
내가 들어갈 수 있는 좁다란 틈이란 틈은

모두 다 쑤시고 돌아다녔어요

사방이 내가 뱉은 침과 피로 흥건했어요

모퉁이를 돌다 계단을 내려가다

내가 싸지른 정액에 내가 미끄러져 넘어졌어요

여기저기 아기들이 태어나다 말고

시끄럽게 울어댔어요

내가 돌아볼 때마다

아빠가 사악하게 웃으며 엄마 젖가슴을 뜯어냈어요

무럭무럭 자라난 나는 학교도 때려치우고

뒷골목을 어슬렁대기 시작했어요

우유 공장에서 일하는 난쟁이들과 복잡한 설계 도면을
들여다보며

엄마 몸에 착즙기와 살균기 온갖 기계를 설치했어요

엄마 머리와 배에서 녹슨 나사와 부품 들이 쏟아져 나
왔어요

가슴 수선이 끝나자

엄마가 아빠 얼굴에 고무젖꼭지를 물리더니

빈 튜브의 기체를 짜 넣기 시작했어요

아빠의 얼굴이 붉게 달아오르고 점점 부풀어 오르더니

마침내 풍선처럼 뻥 터지고 말았어요
그동안 나는 엄마 가슴에 매달려 젖을 빨며
산산조각 난 아빠 얼굴이 멀리멀리
사방으로 날아가는 것을 지켜보았죠

꿈꿀 권리

폭군이 명했다
신민들은 오늘부터 꿈꾸는 것을 금하노라

사람들은 꿈꿀까 봐 불안에 떨며 잠자리에 들었다

꿈을 꾼 죄로 목이 잘렸다는 시녀의 소문이 새나간 다음부터
아무도 꿈을 꿨다는 사람은 없고
꿈을 독점한 폭군의 코 고는 소리만 궁성에 요란했다

아침이면 꿈 바깥으로 기어 나온 왕이
지난밤 재수 없는 꿈을 꾸었다고 투덜거렸다
그러면서 혹시라도 지난밤
자기 몰래 놀랍고 신기한 꿈을 꾼을 꾼 자가 있지나 않은지
망루에 올라 사방을 두리번거렸다

사람들은 몰래 지난밤 꾼 꿈을 궁성 밖에 내다버렸다
안개에 잠긴 허허벌판에 주인을 잃은 꿈들이 쓸려 다녔다

누군가 궁성 바깥에 버려진 꿈 가운데 쓸만한 것을 골라
나귀에 싣고 먼 나라로 떠났다

아름다운 꿈들이 떠나간 궁성은 악몽으로 가득 찼다
악몽이 궁성을 포위하고
잠든 왕의 꿈을 침범해 들어가기 시작했다

꿈이 떠나간 궁성에 나무들은 빨리 시들고
계절이 바뀌어도 철새들은 돌아오지 않았다

매일 밤 악몽에 시달리던 폭군이
어느 날 먼 나라에서 온 상인을 맞아들였다
상인은 온갖 총천연색 꿈들을 폭군 앞에 펼쳐 보였다

꿈의 빈곤에 시달리던 폭군이
신민들이 내다버린 꿈을 비싼 값에 사들여 꿈꾸기 시작
했다
꿈꿀 수 없는 신민들이 몰래 꾸는 꿈이 한없이 이어지
는 꿈이었다

꿈속에서 꿈에 취한 왕이 돌아누우며 중얼거렸다
꿈꾸지 마 꿈꾸지 말라니까
꿈을 꾸면 저 폭군이 우리를 죽이고 말 거야

죽은 자는 춤출 수 있다

그대 나에게
죽은 다음 뭐 할 거냐 묻는다면
차디찬 땅속에 누워 무슨 꿈을 꿀 거냐고 묻는다면

해골이 되어
해골들과 더불어 춤추는 거지
척추와 쇄골 골반과 슬개골 팔뼈 다리뼈
온몸의 뼈를 덜그럭거리며
해골춤을 추는 거지
둥근 달이 뜨는 밤이면 부스스
부서진 관짝을 밀고 나와
부스러지는 흙덩이를 헤치고 올라와
밤새 공동묘지에서 무덤 파는 인부들과 함께
바람 부는 해변에서 볼이 발그레한 소녀들과 함께
광장 분수대 옆에서 불 꺼진 교회 앞마당에서
누구는 칼을 치켜들고 누구는 삽자루를 둘러메고
뻣뻣한 뼈다귀를 들썩들썩 굽혔다 펴며
신나게 춤을 추는 거지

한 대 후려치면

산산이 부서진 뼈 무더기로 주저앉고 마는

다시 한주먹 내리치면 회반죽이 되고 마는 뼈마디를 이끌고

뒤뚱뒤뚱 끝나지 않는 춤을 추는 거지

왕의 해골과 어릿광대의 해골이 얼싸안고

백골이 된 기사들 죽은 지 오래된 해적들과 독주를 마시며

삼각돛을 단 유령선에 올라타 수평선 너머로 가는 거지

갈비뼈를 맞대고

두개골을 흔들어대며

불탄다 불탄다 아 해골이 불탄다

덜컹거리는 수레에 실려 자갈길을 내달리는 거지

이 밤도

무덤 속에서 덜그럭덜그럭 춤추고 싶어 안달하는 해골들

뻥 뚫린 눈구멍으로 관 뚜껑 올려다보며

여긴 왜 이리 비좁나 투덜대다 돌아눕는다

캐츠 아이

어느 시인은 시간을 알려면
고양이의 눈을 들여다보라 했지만

박쥐는 어두운 동굴 천장에 거꾸로 매달려 잠을 자고
별똥별은 별과 별 사이를 헤엄쳐 밤의 대양 위로 떨어
져 내린다

불길이 흐르는 고양이의 눈은 아무런 시간도 가리키지
않는다
녹아내리다 굳은 시간이 거기 잠시 어른대고 있을 뿐

고양이의 눈을 함부로 마주 보아선 안 된다

얼어붙은 번개가 부서져 내리면서
땅속 깊이 파묻은 천둥이 깨어나는 소리가 들리기 때문
이다

고양이와 눈싸움을 하다 미쳐버린 시인 이야기를 들어
본 적 있는가

조금씩 땅이 흔들리고
검은 박쥐들이 일제히 어둠에 잠긴 수풀을 내달리면서
고양이의 눈이 당신 시야를 가득 채운다

모자를 벗어
밤하늘에서 떨어져 내리는 별똥별을 담아보라

시간을 알기 위해 몸을 기울이는 순간
고양이의 눈은 당신을 삼켜버리고
당신을 들끓는 시간의 용암에 빠뜨려버린다

거기 무시무시한 무시간의 공포가 기다리고 있다

올가미

침상 끝에 걸터앉아
사형수는 침침한 눈빛으로
자신의 목을 죄어들어올 올가미를 상상한다

두 손을 내려다보며
그는 그가 목 졸라 죽인 여인의 가녀린 목덜미를 떠올리고
이제 곧 자신의 목을 휘감고 조여들어올 굵은 밧줄의
감촉을 상상한다

교수대…… 교수대…… 교수대……
허공에서 버둥거리다 죽어갈 자신의 모습을 떠올린다

침상 끝에 걸터앉아
사형수는 꺼져가는 눈빛으로
세계는 하나의 동그란 올가미로 끝난다고
그 올가미 속에 목을 집어넣기까지 걸린 시간이
그의 평생이라고 생각한다

어두운 독방
침상 끝에 몸을 둥글게 웅크리고 앉아
사형수는 마침내 자신이 삶과 죽음에 관한
궁극의 수수께끼를 풀었다고 생각한다

둥근 올가미의 테두리와
축 늘어진 몸 사이
그러니까 0과 1 사이

0과 1은 하나로 이어져 있다는 사실
0을 통해서만 1에 도달할 수 있다는 사실
그 1이 되기까지 자신이
너무도 오래 0에 목을 집어넣고 기다려왔다는 사실

세계가 숨겨온 마지막 비밀에 도달하고 말았다는 기쁨에
사형수가 잠시 전율하고 있는 동안
그를 데리고 갈 교도관의 발걸음 소리가
낭하를 울리며 다가오고 있다

블랙아웃

땅을 파니
쓰레기가 나왔다

땅을 파니
부서진 가구와 연탄재 삭은 책더미와 깨진 그릇들이 나
왔다
온갖 고물과 입다 버린 옷가지들을 헤치고 땅을 파헤치니
시체가 나왔다

한 구 두 구 세 구 시체를 파내며 퍼내며 땅을 파니
아주 오래전 조상들이 쓰던 유물들이 나왔다
폐사지와 왕궁터가 나왔다

다시 땅을 파니
누군가 묻어둔 금괴가 나왔다

그리고 다시 땅을 파니
자갈과 죽은 나무뿌리 뒤얽힌 어두운 지층을 파 내려가니
아무것도 나오지 않고

검은 진흙만 꾸역꾸역 쏟아졌다

땅을 파니
포클레인도 철수한 깊은 땅속을 파고 또 파 들어가니
삽이 휘어지고 곡괭이가 부러지고
문드러진 손톱으로 미친 듯이 땅을 긁어내리니
컴컴한 지하 동굴 저 아래에서
거대하게 뚫린 구멍이 나왔다

땅을 파니
밑도 끝도 없이 땅을 파니
구멍이 나와 더 큰 구멍으로 이어졌다

구멍 속에서
흙을 퍼내고 흙을 뒤집어쓰며 땅을 파니
점점 커져가는 구멍 속에서 땅이 솟아올라
삽질하는 나를 삼켜버렸다

밤의 문

밤에 온 그가 내게 악몽을 권해주고 갔네
이건 당신이 평생에 한번 꿔볼 만한 꿈이 될 거요

나는 잠들었고
무시무시한 꿈을 꾸었고
덜덜 떨며 깨어났지

꿈의 내용은 하나도 기억나지 않고
온몸이 식은땀에 젖은 채
나는 유리창 저편 밝아오는 아침해를 보았지

잠시 후 문 두드리는 소리가 나고
검은 가방을 든 그가 내 앞에 나타났네
지난밤 권해드린 꿈은 어떠셨나요

공포로 부릅뜬 눈을 한 내 앞에서 그는
가방을 열고 다시 새로운 악몽들을 꺼내 늘어놓았네
이 악몽은 결코 끝나지 않아요
끝없이 계속되는 악몽을 계속해서 꾸는 악몽이지요

이젠 아침이잖아

나는 잠을 다 잤고 꿈도 이미 꾸었다고

나는 거듭 도리질했지만 검은 가방의 남자는 웃고만 있었지

아니 이 꿈엔 출구가 없어요

당신은 이미 영원히 계속되는 악몽 속에 있는 거예요

매일 내가 제공해드리는 악몽을 꾸며

당신은 긴긴 잠을 자게 될 거예요

지금 당신은 여전히 잠속에서 꿈을 꾸고 있는 거예요

말을 마친 그의 등 뒤로 해가 지고

잠이 몰려왔다

역병 2020

1

누군가 우물에 독약을 풀었다

마을 사람들 하나둘 죽어가고

산 넘어 날아온 새들이 마당 여기저기 툭툭 떨어져 뒹군다

한 모금 마시고 다시 한 모금 들이키고
우물가에 선 사람들은 모두 입술이 검다

서로를 가리키며 아직 살아 있네 중얼거린다

마을 위를 지나가던 구름이 부스스 머리칼을 흔들어
몇 방울 검은 깃털을 떨구고 간다

2

누군가 내 꿈에 덫을 놓았다

달리던 토끼가 절개지 비탈 아래 나뒹굴고
늙은 사슴이 허공에 뿔이 걸린 채 허우적거린다

사람들 모닥불 피워놓고 술을 마시며
오늘 사냥한 짐승 이야기를 주고받는다

버드나무 가지 사이로 떠오른 둥근 달
덫에 걸린 바람이 빠져나가지 못하고 사방에 재와 먼지
를 흩뿌린다

덫은 보이지 않아도 온천지
죽어가는 짐승들이 내지르는 비명으로 가득 차 있다

검게 물든 달이 어슬렁거리는 짐승의 혼을 싣고
밤하늘 저편으로 멀어져 간다

3

시냇가에서 아이들이 물수제비를 뜨며 놀고 있다
떠내려오는 시체를 헤아리며 깔깔대며 웃고 있다

아무리 문을 잠그고 또 잠가도
아침이면
희미한 대기 속에 누군가 다녀간 흔적이 남아 있었다

죽은 사람이 죽어가는 사람을 굽어보며
이제 떠날 시간이야 속삭이곤 했다

문가에 서서 어둠에 잠긴 얼굴을 하나둘 꺼내
지나가는 사람에게 나눠 주었다

눈을 감았다 뜨자
눈썹 사이로 나비 한 마리가 내려앉았다

다시 눈을 감자
아이들이 우물 속에서 시커멓게 탄 나를 끌어내고 있었다

숲속의 대성당

어두운 밤 그대는 잠들어 있는가
꿈의 바깥 바람 부는 거리를 서성이고 있는가

조금만 더 걷다 보면 길이 구부러지고
마지막 한걸음에 그대는 숲의 가장자리에 닿게 될 것이다

어두운 밤 숲으로 들어간 그대는 어둠에 잠긴 숲 한가
운데서
욕조 하나를 발견한다

보이는가 새하얗게 빛나는 사기질의 욕조가
지금 숲의 빈터 두텁게 쌓인 나뭇잎과 덤불 사이에 놓
여 있다

아직도 그대는 잠자고 있는가
그대는 천천히 욕조를 향해 걸어간다

세상의 처음부터 그대를 기다려온듯한 욕조가
거기 말갛게 신부처럼 다소곳이 기다리고 있다

그대는 욕조에 들어가 눕는다
편하게 눕는다 넥타이를 느슨하게 풀어헤치고 신발을
신은 채

그대 몸 위로 무성한 가지를 드리운 나무들
바람이 느리게 나무 사이로 빠져나가며 내는 무기질의
울음소리

욕조에 누운 그대 이마 위로 한 방울 물이 떨어져 내린다
욕조에 비스듬히 기댄 자세로 누워 그대는 어떤 소식을
기다린다

이대로 영원히 욕조에 안겨 비를 맞거나 햇볕에 타들어
가는 것도 좋을 거라 생각하며
그대는 깜박 욕조 속에서 잠이 든다

어슴푸레한 빛이 유리창을 물들이는 새벽녘
그대는 침대 가장자리에 우두커니 앉아 있다

저기 창 너머 나뭇잎과 덩굴에 휘감긴 채 멀어져 가는
욕조가 보인다
  욕조에 누워 아직 잠을 깨지 않는 그대가 보인다

  욕조에 누운 그대가 손을 뻗어 자신을 지켜보는 그대를
어루만진다
  침대에 앉은 그대가 흘린 한 방울 눈물이 멀리 숲을 향
해 날아간다

의자들

교실엔
교탁을 에워싸고
둥글게 의자가 놓여 있었고요

내가 의자에 앉을 때마다
의자 다리가 하나씩 부러져 나갔어요

할 수 없이 교탁 앞에 서서
부서진 의자들을 둘러보며 무슨 얘기라도 해야 했는데요

내가 한마디 하면
다시 또 다른 의자 다리가 부러져 나갔고요

내가 말을 마칠 때쯤이면
교실엔 망가진 의자만 널려 있었는데요

수업 마치는 종이 울리고 선생님이 들어오더니
나를 보고 나무라듯 말씀하시는 거예요

너는 왜 하라는 모델은 제대로 서지 않고
저렇게 의자 다리만 부러뜨리고 있느냐고요

내가 고개를 숙이자 의자들 일제히 삐걱거리는 소리와
함께
다시 수업을 알리는 종이 울렸어요

나는 교탁 위에 올라가 옷을 벗었고
학생들이 들어와 둥글게 나를 에워싸고 그림을 그리기
시작했어요

선생님이 나를 이쪽저쪽으로 돌려세우며
자세를 지시하는 동안
학생들은 모두 부서진 의자를 그리고 있었어요

무색계(無色界)

지하 독방
침상 위
죄수는
세면대 수도꼭지에서
물방울 떨어지는 소리를 듣고 있다

한 방울 떨어지고 다시 한 방울 떨어지는 사이
쇠창살 너머 하늘에 푸른 번개가 치고
천둥소리가 울린다

다시 한 방울
수도꼭지를 타고 흘러내린 물방울이 그의 이마를 치고
번개가 굳게 다문 그의 입술을 비집고 들어온다
침상 위 가부좌를 하고 앉아 있는 그의 등뼈를 짓밟고
천둥소리가 달려나간다

이곳은 수천 길 땅속의 독방
쇠창살로 가로막힌 창도 창밖의 푸른 하늘도 없는데
어떻게 번개가 찾아오고 천둥소리가 주위를 맴도는가

눈을 뜨고 몸을 일으키는 순간
다시 수도꼭지의 물 한 방울 그의 귓속의
컴컴한 지하 감옥으로 굴러떨어지고
번개 한 줄기 정수리 쇠창살을 부수고 빠져나간다

지하 독방
들리지 않는 천둥소리에 산산이 부서진
너덜거리는 죄수의 시신을 끌고
밤의 말들이 달려 나가고 있다

3부
뉴욕 시편

불면

저 검은 장갑 속엔
어떤 손가락들이 살고 있길래
가만히 탁자 위에 벗어 놓은 저 장갑이
밤새 저리도 쉴 새 없이 꼼지락거릴까

내가 본 것이 고양이였던가

저기
언어의 휘장 너머
고양이가 남긴 웃음이 있다

고양이는 사라지고
웃고 있는 고양이는 사라지고
언어 속에서
계속 남아 웃고 있는
고양이 없는 고양이의 웃음

미우 미우로 부르든
야옹 야아옹으로 듣든
저기 웃고 있는 것은 고양이가 아니라
희미하게 어른대다 사라지는
언어일 뿐

이 밤 어둠 속에서
고양이가 웃는다
울지 않는 고양이

웃음을 남겨두고 언어 저편으로
사라져버린 고양이가
제 몸을 찾아 어둠 속을
떠돌고 있다

세상의 종말을 위한 협주곡

점토로 나는 죽은 신의 두상을 만들었다

죽은 신을 태운 관은 태양계를 벗어나 머나먼 은하를 향해하고 있다

죽은 신의 이마에서 극지의 백야가 시작된다

죽은 신의 입술 사이로 철새의 이동이 시작된다

턱수염이 난 그의 얼굴은 유랑 극단의 늙은 배우같다

손가락 사이로 흘러내리는 점토를 다시 주워 들며

나는 침묵하는 신이 내게 남기고 떠날 전언을 생각한다

뱃머리 바닥에 와 부딪는 사나운 파도의 이빨

우주를 떠도는 그의 시신은 어느 행성도 받아주지 않으리라

거품구름 같은 별무리들이 관을 에워싸고

죽은 신에게 파이프오르간 소리를 들려주리라

점토를 주무르며 나는 신이 떠나고 난 다음 지상에 찾아온 고요를, 고요 다음의 서글픈 휴식을 떠올린다

아침을 먹고 개와 함께 산책을 하고 옛애인에게 편지를 쓰다가 포기하고

하루 이틀 그러다 보면 어느덧 첫눈이 찾아와 문을 두드리는 것이다

이제 곧 구름 위까지 치솟은 마천루들이 지진과 더불어
무너져 내리리라
　동물원의 사자가 후줄근한 모습으로 기어 나오고
　자욱한 먼지 속에서 뿔을 치켜든 사슴이 놀라서 튀어나
오고
　술 취한 노숙자가 비틀거리며 지나가고 마침내
　카페의 여종업원이 계산서를 들고 쫓아 나오리라
　근해에서 불 밝힌 유람선이 연이어 침몰하는 동안
　죽은 신을 태운 관은 몇천 광년 저편 낯선 행성의 기슭
에 도착하리라
　점토로 빚은 신의 얼굴은 유리창 저편 눈부신 하늘을
우러르고 있다
　아무도 그를 추억하지 않을 것이기에
　지금 내 손에서 태어나는 그의 모습은 아름답고 장엄하다

　서서히 두 손에 힘을 준다
　점토로 빚어진 신이 이지러지며 드디어 입을 벌린다
　마악 뭉개지며 신이 내뱉는 마지막 말을
　나는 끝내 듣지 못한다

내 두개골 속에 고인 검은 불

밤이 되면
나는
내 두개골을 벗어 벽에 건다
한낮의 소음과 소름에 시달린 두개골
벽에 걸린 그것은 여기저기 금이 가고
눈구멍은 어둡게 뻥 뚫려 있다
늙은 도마뱀처럼 자리에 누워
눈을 감는다
불 꺼진 방
시계탑처럼 허공에 매달려 빛을 내는
내 두개골
홀가분하게 머리 없는 몸을 누이고 잠든
나를 내려다본다
어지러운 꿈에 쫓겨
나는 자꾸 어둠 속으로 미끄러지는
도마뱀의 꼬리를 붙잡고
어디론가 달려가고
막다른 골목 끝
반지하방

문득 올려다보면
허공의 두개골은 조용히 불을 밝히고
나를 지켜보고 있다
덜그럭거리는 추억의 돌들이 깔린 복도
주름진 뼈
흘러넘치는 거울
마른 꽃향기
누군가 비명을 지르고 쓰러지고
그때마다 길거리에 두개골이 떨어져 뒹군다
또 다른 누군가가 두개골을 짓밟고 지나간다
이른 아침
눈을 뜨면
내 두개골은 여전히 벽에 걸린 채 뻥 뚫린 눈으로
나를 바라본다
목 위에 간신히 무거운 두개골을 얹고
나는 문을 나선다
덜그럭거리는 소리와 함께 사방에서
두개골이 달려 나간다

종점 부근
── 리버사이드 교회에서

그리고 다시
붉은 비가 내렸다

어스름이 드리워진 거리를
야간 검침원이 유리창을 깨뜨리며 지나간다
화재경보기 하나 울리지 않고
조용히 해저의 마을이 저문다

열리지 않는 문을 앞에 두고 끝없이 소근대던 아이들은
마지막 술래를 남겨 놓고 집으로 돌아갔다

붉은 비, 혀를 내밀어 핥아보면
깔깔하게 와 닿는 소금의 맛

물살 찢어 낸 자리마다 멍처럼 푸른 어둠이 찾아든다

먼 사막에서 양털을 깎던 여인은 하늘의 별자리를 보며
붉은 비가 내리는 어느 혹성을 그리워할 것이라고

기일게 초인종을 울리며 마지막 택배가 배달되고
묵중한 철문이 닫힌다

해저의 마을엔 일렁이는 가시덤불과 산호초 사이
그물을 드리우려 내려오는 낯선 별들이 보인다

세 개의 심장
── 트리니티 교회에서

강철 모루 위에 누운 시신은 싸늘히 식어가고 있다
금으로 만든 심장도 은으로 만든 심장도
뛰지 않긴 마찬가지

연금술사는 납으로 만든 심장을 허공에 들어 올린다

불 속에서 단련해낸 말들은
언제 어디서든 자욱한 연기를 피워 올렸지
온갖 풍문이 거리를 휩쓸고 지나간 지금
이제 남은 것은 재 속에서 희미하게 번득이는 불씨 몇
점일 뿐

소금과 유황 냄새를 풍기며
누워 있는 시신 속으로 퍼져 나가는 빛

칼에 찔린 용병 대장이 차디찬
모루 위에서 긴 겨울잠에 빠진 동안
술에 취한 병사들은 계단 여기저기 쓰러져 뒹굴고
멀리 해안엔 익사한 아이들을 싣고 온 배가 삭아가고

있다

마침내 기적은 일어날 것인가
검은 새들이 퍼덕이며 죽은 자의 꿈속을 배회하는 시간
무너진 성곽 아래서
금빛 은빛 주화를 구워 내던 시절을 그리워하며

서서히 밤이 내린다
건너지 못할 강을 두고 어둠이 머뭇거린다
잠시 후 마을이 비에 다 젖고 나면
납으로 된 심장을 단 이가 문밖으로 걸어 나올 것이다

바람 부는 밤의 광시곡

말대가리
바람 부는 밤이면
그가 나타나지
술집에서 떠들고 술 마시다 돌아보면 불쑥
목덜미 아래는 어디론가 사라진 채
눈 크게 부릅뜬 말대가리가
나를 노려보고 있지
늦은 밤 가로등 밑에서 토하다 문득 우러른 허공에도
삐걱이는 목조 계단을 밟고 올라가 쓰러져 잠든 여인숙
한밤중 목이 말라 기어 나와 본 복도에도
말대가리
그놈이 나를 지켜보고 있는 거야
아무 말 없이
심해보다 더 깊고 시커먼 눈을 뜬 채
여물이라도 있으면 씹고 싶다는 표정으로
말대가리
고개도 주억거리지 않고 빤히
우리를 태운 늙은 행성이 광막한 우주를 지나는 소리를
듣고 있는 거야

이 세상에 잘못 불시착한 자의 모습으로

긴 모가지 아래 붙어 있던 몸통과 네 다리가 어디로 사라져버렸는지

반추하는 얼굴로

말대가리

놀란 내가 뒷걸음질 치면 슬그머니

벽으로 스며들듯 사라지는

말대가리

캄캄한 밤

호각 소리 들리는 골목 끝 다락방

미친년 산발한 머리카락에 목이 졸리는 꿈을 꾸다 깨어나면

슬픈 눈길로 나를 굽어보고 있는

말대가리

피 묻은 칼 휘두르며 살아온 세월

잔인하게 잘려 나간

대가리

말대가리

뚜걱뚜걱

들리지 않는 말굽 소리를 내며
이 밤도 나를 쫓아오고 있는
말대가리

생존자를 위한 비망록

이곳의 구름은 먼지로 이루어져 있어
날이 흐리면
자욱한 먼지를 흩뿌리고 지나가지

부연 먼지 속에 마스크를 쓰고 지나가는 행인들
솜사탕을 문 표정으로 아이들이 거리 끝에서 뛰어오고
경비원이 쿵쿵거리며 뒤쫓아 달려오다가
이내
먼지로
먼지 더미로 주저앉아버리지

불과 유황의 시절은 끝났어
연금술사는 일찌감치 좌판을 걷고
점성술사는 시커먼 밤하늘 쳐다보며
먼지 성운의 위치를 헤아리지

도처에 들끓던 망치질 소리 전기드릴 돌아가는 소리
흩날리는 먼지 속으로 사라지고
지금은 쿨룩거리는 기침 소리뿐이야

먼지의 거푸집에서 기어 나온 바퀴벌레들이
식탁을 오르내리고 날파리들이 자디잔 알을 낳는 동안
텁텁한 공기 속에 먼지구름이 덩치를 키워가고 있어

먼지비 내리고 먼지가 쌓이고
먼지비 그치고 먼지에 휘감긴 무지개가 뜨고

저기 봐, 우리 머리 위로 지금 막 비행접시가 지나갔어
흐릿한 먼지 속에 축축한 먼지구름을 남기고
하늘 높이 솟아오른 철탑에 매달려
먼지투성이 아이들이 구름의 서랍 속으로
잿가루 풀썩이는 장롱 속으로 숨어들고 있어

양떼먼지 새털먼지 버섯먼지 고래먼지
온갖 두터운 먼지구름을 가르고 쿵쿵 공룡먼지도
허공에 머리를 디밀고 있어

먼지 속에서 나서

먼지 속으로 사라지는 우리 먼지의 주민들

모두 먼지 함뿍 머금은 얼굴로 먼지 위에 먼지로 흩날
리는

알 수 없는 글을 휘갈기고 있어

깊은 밤 쓰러져 잠이 들면

깊은 밤 쓰러져 잠이 들면 저 높은 곳에서 거미줄이 내려오지
잠자리에 누운 내 이마 바로 위
나를 저 하늘나라로 데려가줄 가냘픈 한 가닥의 줄
손으로 잡아보면 금방이라도 끊어질듯 출렁이지만
나는 큰 숨 한 번 들이쉬고 거미줄에 매달리지
정신없이 거미줄을 타고 하늘을 향해 기어오르는 거야

손바닥 껍질이 벗겨지는 줄도 모르고 한참을 오르다 보면
저 멀리 은은한 불빛이 나를 비춰주네
조그만 조금만 더 가까이 가면 나를 환히 감싸줄 빛이
저 위에서
나를 기다리고 있네

문득 부르는 소리 있어 돌아보는 순간
나는 보고 마네
내 옆에 드리워진 무수한 거미줄에 매달린 무수한 사람들을
그들이 무한 허공을 기를 쓰고 기어오르고 있는 것을

내 머리 위
거대한 거미 한 마리
사방팔방 거미줄을 풀어내 사람들을 끌어들이고 있네
하나둘 거미줄에 휘감겨 거미 몸속으로 사라지고 있네

거미줄에 매달려
까마득한 허공의 낭떠러지 저 아래
내 잠자리를 바라보네
거기 내가 누워 곤히 잠들어 있네

입 헤벌린 채
온몸이 거미줄에 칭칭 묶여 지워져가는 꿈속의 나를
나는 텅 빈 눈으로 지켜보고 있네

그날 하고 그다음 날

턴테이블에 낡은 LP판을 거는 순간
창밖으로 자욱하게 눈보라가 스쳐 지나갔다
흰 눈송이가 내려앉는 소나무 숲을 보며 한물간 가수가
저음으로 부르는
노래를 들었다
눈은 어두운 내 귓속에 소리 없이 내려 쌓이다가
내 피의 하구에서 두터운 얼음장 갈라지는 소리를 내며
쓸려갔다

턴테이블은 계속 돌아가고
옛가수는 바다 건너 철새를 몰아오고
눈은 그칠 줄 모르고 내렸다
몸속의 식어가는 피 한 방울 한 방울이 철조망의 가시
처럼
눈송이를 향해 뾰죽하게 곤두섰다

마침내 턴테이블이 회전을 멈췄을 때
유리창을 짓누르던 먹구름은 물러가고
소나무 가지를 부러뜨리며 눈송이가 지상으로 떨어져

내렸다

긴 여운을 남기고 사라진 가수가 침묵 속에서 입을 열
었다
담배 한 가치 얻을 수 있겠느냐고
침묵 속에서 한없이 치직거리며 돌아가는 레코드판
그의 입에 담배를 물려주며 나는
흰 눈발 속으로 푸르스름하게 사라져 간 목소리를 추억
했다

아마도 그것은
세계의 종말 그다음 날 아침이었을 것이다

달리의 식탁

접시 위에
둥근 달걀과 내 얼굴이 놓여 있다

달걀을 깨뜨리고
나이프와 포크로 조심스럽게
내 얼굴을 가른다

미끈거리는 흰자 노른자 사이로
내 이마에서 흘러내린 붉은 핏물이 섞이고
한없이 깊고 한없이 넓은 접시 한가운데
고요한 뇌가 불을 밝히고 있다

나이프가 뇌 중심부를 파고드는 순간
접시 위 깨져 나간 얼굴이 감았던 눈을 뜨고
넌 뭘 그렇게 열심히 보고 있니? 내게 묻는다

접시는 밤의 식탁에 놓여 있고
산맥에 둘러싸인 식탁은 들판 위 저 아득한 지평선을
향해

돌의 바다 저 멀리 수평선을 향해 뻗어 나간다

하늘을 올려다보면
둥근 달 대신 달걀이 떠 있다
나이프로 톡 건드리는 순간 알 표면에 금이 가면서
스르륵 내 얼굴이 흘러내린다

접시 위 흐물거리며 녹아내리는 뇌가
식탁 모서리까지 흘러가
아무도 깨우지 않을 머나먼 잠을 펼쳐 보이고 있다

웨스턴풍으로

어느
저무는 날
비루먹은 말을 타고
석양 너머로 사라져버리고 싶은 날
창틀에 끼인 먼지
현관문 앞에 던져놓은 택배 상자
플라스틱 생수병과 일회용 커피잔
다 뒤로하고 떠나고 싶은 날
총잡이가 되어 닥치는 대로
눈에 보이는 모든 것에 총알을 박아 넣고 싶은 날
끄덕끄덕 안장 위에서 졸다가
말이 서는 곳 어느 허름한 선술집 카운터에서
마주친 악당들 다 쓰러뜨리고
애꾸눈 보안관에게 쫓기며
역마차도 서지 않는 황야 구석에 모닥불 밝혀놓고
양철컵에 독주 부어 마시며
쓰다 만 편지도 하다 만 연애도 미뤄둔 업무도 다 잊어
버리고
가고 또 가다 비루먹은 말마저 쓰러져

비에 흠씬 젖은 몰골로 터덜터덜
집으로 돌아오는 길
불 꺼진 텅 빈 거실
현관 문틈에 낀 전기세 수도세 신문 요금 고지서
잠시 바라보다 북북 찢어버리고
먼지 풀썩이는 침대에 머리박고 곯아떨어지는 날
전화벨 소리 울리다 그치고 다시 울리다 그치고
일어나 커튼을 젖히면
아찔하게 들이닥치는 한낮의 찌르는 햇빛
환청처럼 맴도는 기적 소리와 함께
베란다 말라 죽은 선인장 화분 옆으로
끝없는 황야가 밀려든다

침묵의 음계

오후 다섯 시, 나는 투명해진다
가을 햇살 아래 내 피부는 하얗게 바래고
손목의 정맥을 지나는 피의 흐름이 한없이 느려지고

나는 투명해지는 나를 느끼며
이렇게 한없이 투명에 가까워지다 보면 어느 순간, 불현듯
지상에서 사라져버릴 수도 있다고 생각한다

생각한다, 오후 다섯 시
나는 혼자고, 가을 햇살에 둘러싸인 채, 창밖 먼 풍경을
바라보고 있다
지금 이 순간 내가 혼자라는 것이 달콤하고 또 씁쓸하다
내 혀와 이 사이 연한 피냄새가 번져간다

그리고 그러나 그래서 오후 다섯 시, 나는 아무 생각 없이
생각하지 말자고 생각한다
생각을 지워버리고, 보이지 않게 나를 에워싸고 있는
가을 햇살 속으로

조용히 스며들어버리자고 생각한다

구름이 몰려와 내 눈동자 속 하늘을 밀어낸다
투명해진 나를 햇살 속에서 건져내기 위해선 오랜 눈
감음이, 긴 망각이 필요하리라
내가 그동안 쓰고 떠올린 모든 문장을 차례차례 지워나
가야 하리라

내 눈앞에서 알 수 없는 소리들이 반짝거리며 일어선다
한없이 투명해진 내가 손을 내밀어 햇살 한 줌을 쓸어
모은다
머리끝에서 발끝까지 나는 순식간에 어두워진다

오후 다섯 시, 벽시계가 나의 실종에 동의하는 종을 울
린다
은총의 시간이 다하고 곧 누군가의 도착을 알리는 노크
가 울려 퍼질 것이다

낡은 액자 속의 생

여우비
온다

살그머니
달그락거리는 소리도 없이
여우비는 문을 열고 방 안으로 들어온다
머나먼 전생에서 불어온 바람이, 일순
턴테이블에 앉은 먼지 몇 점 허공에 띄우고

나는 내 앞에 선 여우들
그 무수히 반짝이는 눈동자를 응시한다
내가 태어나던 날 아침
내 집 마당과 지붕 위를 오르내리던 여우들은
덤불 우거진 숲을 지나 눈부신 설원으로 떠났다

여우들, 나는 여전히 망명 중이고
여우들, 빗소리는 어둠 속에서 여우눈을 떴다 감는다
여우들, 내 인생이 이토록 지겹고 아득할 줄 나는 몰랐다

구름 속에서 내려온 저 작은 물방울들이
여우털을 휘날리며 거리를 지나는 동안
턴테이블 옆 오래된 의자에 몸을 파묻고
나는 잠시 침묵해야 한다
보이지 않는 여우들이 내는 자글거림을 견뎌야 한다

여우비, 온다
손을 내밀면 다가와 살그머니 손끝을 깨무는
무수한 여우들에 둘러싸여 한낮이 깊어진다
오래된 음반이 자글거리며 돌아가다 멈추듯
한 사내의 일생이 소리 없이 저문다

4부
은수자(隱修者)의 꿈

사람의 아들
— 어느 목공의 기록

비만 내리면 그는 술을 마시다 말고 뛰쳐나와 허공에 망치를 휘두르며 외치는 것이다. 이번엔 끝장을 내겠어. 끝장을 내고 말겠다고. 다시는 네놈 아들이 이 세상에 와 허튼짓을 하지 못하도록 완벽하게 못 박아주겠다구. 멀리서 다가오는 천둥소리와 함께 비는 더욱 거세게 쏟아지고, 쏟아져 내리는 빗줄기 속에서 그는 똑똑히 보고 기억해두라는 듯 빗방울 하나하나를 맹렬하게 허공에 두드려 박기 시작하는 것이다.

시인의 집

죽은 시인의 생가는
길 가는 구름들로 붐빈다
비를 머금은 우울한 얼굴들이 식민지 시대와 분단 시대
를 넘나들며
죽은 시인이 걸쳤던 양복과 코트와 베레모 사이를 스며
들었다 빠져나온다
죽은 시인이 죽은 후 그의 음성은 마른풀처럼 시들다가
누렇게 바랜 종이에 찍힌 활자로 부스러져 내린다
빛바랜 영정 사진 속 흐리게 빛나는 그의 미소
아득한 시절 우연히 만난 내게 시인이 건넨 술잔이 있
었다
어두운 선술집 난로 위 주전자 물 끓는 소리 들으며
쓰디쓴 술 한 모금이 목구멍을 타고 넘어갈 때
구름은 이미 그가 묻힐 허공의 관을 만들고 있었으리라
그가 썼던 파이프와 낡은 가죽 지갑 안경과 문진
유리관 속에 보존된 유품들을 보다가
그가 깊은 바다에서 건져 올린 몇 개의 조약돌과 녹슨
열쇠를 떠올린다
생전의 영광과 사후의 추문 사이 밀려든 구름들이

금방이라도 비를 뿌릴 듯 창문에 몸을 부비는 것을 바라본다

백악기의 동굴 한켠에 남은 화석일까

죽은 시인의 지문이 찍힌 노트와 원고지를 보면

한 시절 이 땅 위를 오간 시인은 모두 고생대나 먼 후세를 살다 간 것 같다

절판된 시집 폐간된 문예지 자비출판한 동인지 이 모든 것이

죽은 시인의 덧없는 영광을 떠받들고 있다

폐관 시간을 알리는 종이 울리고 느릿느릿

먼지 뒤집어쓴 기념품들이 늘어선 매점을 지나

저 멀리 가고 있는 죽은 시인의 그림자

마른풀을 태우듯 입속에서 죽은 시인이 남긴 구절들이

연기로 새어 나온다

너 외로운 영혼이여, 죽은 시인의 생가를 지나다 잠시 발걸음을 멈추어라

모자를 벗고 허름한 마당 한켠 허물어진 우물에 얼굴을 비춰 보라

거기 너를 닮은 죽은 시인이 흘러가는 구름 위로
부지런히 엮고 있는 거미줄이 보일 것이다

은수자(隱修者)의 꿈

어느 날 내 꿈에 들어온 그가 내 몸 위로 거대한 그림자를 드리우고 이렇게 말했다 너는 어떻게 매일 이렇게 너절한 것을 꿈이라고 꾸고 있니 내가 네 꿈을 고쳐주겠어

그가 망치와 장도리를 들고 내 꿈을 수선하기 시작했다

마당 한가운데 마른 우물에서 붉은 피가 솟아오르기 시작했다

*

그날 이후 기름 묻은 작업복을 걸친 곰이 매일 내 꿈속을 어슬렁거렸다 곧 온갖 못과 나사와 경첩이 내 꿈에서 뽑혀 나와 여기저기 굴러다니기 시작했다 발을 디딜 때마다 연약한 꿈의 마루판이 삐걱대며 비명을 질러댔다 타일이 떨어져 나가고 깨진 유리창과 석고보드가 구석에서 끌려 나왔다

마지막으로 천장을 부수며 그가 말했다
이제 네 꿈에도 환한 빛이 찾아들거야

*

   순간 굳게 감은 내 눈꺼풀을 가르며, 빛이, 무서운 빛이,
쓰윽, 쳐들어왔다. 너무도 강렬한 빛이, 내 눈을, 하얗게,
태워버렸다 꿈속에서 눈이 먼 채 나는 외쳤다

   왜 왜 왜
   너는 나에게 이런 꿈을 가져다주고 만 것이니?
   나는 이런 빛을, 이러한 뜨거운 빛을 꿈꾼 적이 없어

   아득히 멀리서 그의 웃음소리가 메아리쳐 왔다
   조심해 이제 바로 기둥이 무너져 내릴 거야

   그의 망치가 내 정수리를 깨부수는 소리가 들려왔다

*

안개가 걷히고

마당 한가운데 호두나무에서 호두알들이 우수수 떨어
져 내렸다

장미창

―― 샤르트르대성당에서

햇살 졸아드는 한여름

대리석 그늘을 파고드는 매미 울음소리

점점 커져가는 소리의 구멍 속에서

시든 꽃과 유골이 담긴 석관이 덜컹거리며 굴러떨어진다

코르크 마개가 튕겨 나가자

풍겨 오는 짙은 포도주 향기

장미창 저 너머

바람의 체에 걸러진 푸르름이 내 몸 위에 내려앉고

매미 울음 스며드는 성당 회중석을 멀리멀리 떠메고 간다

빛에서 어스름으로 색유리 조각들이 반사하는

성부와 성자와 성령의 침묵이 끝이 없으니

불길 스러진 재 속에서 매미 울음이 다시 끓어오른다

불타는 시계는 얼어붙은 시간을 녹이지 못한다

하오의 햇빛 아래
거실 바닥에 풀어놓은 손목시계가 불타고 있다

은빛 시곗줄을 에워싼 싸늘한 냉기가
오래오래 불타면서
시침과 분침 사이
질주하는 생쥐의 원운동을 지켜보고 있다

달려라 생쥐야 둥근 숫자판을 달려
꼬리에 붙은 불꽃이 네 온몸을 불덩어리로 만들기 전에
갉아먹어라 생쥐야 유리와 철과 크롬으로 도금된 세상을
아직 너는 태어나지 않았지만 째깍
이미 너는 죽은 다음이란다 째깍

얼어붙은 시간을 일초 일초 힘겹게 밀어내면서
불타는 햇빛 속에서 시계가 녹아내리고 있다

돌

조약돌
하나

내 손바닥을 가득 채운
조그만 짐승

말없이 웅크리고
내 손아귀에서 벗어날 순간을 노리는

이 짐승은
손톱 발톱 다 숨기고 짖지도 끙끙거리지도 않고

다만 다소곳이 먼 지평선을 응시한다

암석투성이 손금을 가로질러
살금살금 기어가는 짐승

조약돌은 움직이지 않으면서 이윽고
탈출에 성공한다

휘익 날아가

허공 어디선가

반짝, 빛을 내며 사라진다

얼음의 책

얼음이 밀고 올라온다
겨울의 문장이
앙상한 덤불 사이로 얼굴을 내민다
짐승들 자취를 감춘 숲
단단하게 얼어붙은 단어들이
침엽수 가지와 잎사귀에 맺혀 흔들리고
처마 끝에 고드름으로 걸린다
차갑게 결빙한 문장들 틈새로
밤이 온다
살얼음처럼 바스러지며 흩어지는
지난 계절의 상념들
유리창 성에를 긁어내리는 밤바람 소리
겨울의 문장은 물개 우는 소리와
흰곰이 어슬렁거리며 내는 소리를
데리고 온다
희미한 등불 아래
얼어붙은 백지의 벌판을 건너는 밤
얼음이 내뿜는 추위와 고독의 선명한 이빨 자국
얼음의 책을 읽으며 얼어붙은 문장을 쓴다

순백의 결정체가 서리처럼 엉겨붙는 행간 사이
시린 입술을 깨물며
밤하늘을 긋고 떨어지는 별똥별 하나
얼음의 문장에 구두점을 찍는다
밤바람에 떠밀려 거듭 유리창에 와 부서지는 난파선들
한파의 모서리를 돌아 난바다로 멀어져 간다
빙벽에 머리를 짓찧으며 말들이 떨어져 나간다
못을 박듯 겨울의 문장이 다시 백지 위에 못 박힌다
눈보라를 헤치고 얼음의 책을 덮는다
우수수 눈가루와 함께
쓰다 만 문장들이 흩날리며 사라진다

주상 고행자

그대 기둥 위에서
고행하는 자
사막의 은수자여
봉두난발
알몸으로
바위산
기둥 위에 앉아
세상을 굽어보는 이여
석청과 메뚜기와
누룩 넣지 않은 빵을 먹고
오직 기도로
끝없는 기도로
삼백육십오일
허공을 지키는 이여
신의 임재 앞에서
악마와 싸우고
신의 부재 속에서
천사와 싸우는
그대
두 손 내밀어

밤하늘에 펼쳐진 별을 만지고
한낮의 해가 터뜨리는
빛의 씨앗을
전신으로 받는 이여
그대 기둥 위에서
스스로를 채찍질하며
소리 높여 세상의 종말을 외치는 이여
보라
그대 발치에 몰려든 순례자들이
묵주를 돌리며
울며 경배하며
연신 카메라 플래시를 터뜨리는 모습을
오래된 성당
오오래 고개를 꺾고 올려다보는
장미창
저 높은 곳 구름 저 너머에서
그대는 오늘도
나타나지 않는 신을 대신해
자신을 전시한다

사막여우

보이는 것은
보이지 않는 것의 그림자일 뿐이야

눈을 뜨면 사막이 다가오고
눈을 감으면 나를 향해 모래 흘러내리는 소리 들으며
어디론가 걷는 나날들

내가 불시착한 이곳은
낯선 혹성의 어느 변방
여기선 복권에 당첨될 확률보다
산소 부족으로 죽어갈 확률이 더 높다

저리로 가면 우물이 있어
녹슨 도르래를 내려 한참을 기다리면
네가 마실 물이 떠오를 거야

사막여우는 내게 길을 가르쳐주고
두 줄기 곡선이 만나는 지점 너머로 사라졌지
술에 취한 채 이 별 저 별 떠돌아보아야

새벽이면 허허벌판 모래 먼지에 뒤덮인 채 깨어날 뿐

목도리도 장갑도 잃어버리고
까치발 딛고 바라보는 저 하늘엔
폐기물 가득 실은 트럭과 택배 오토바이만 오간다
이 혹성 어딘가에 숨어 있다는 우물을
나는 본 일이 없다

보이지 않는 것 속에서 보이는 것을 찾지 마
우리 모두는 지나가는 바람일 뿐이야
사막의 저 끝에서 여우가 말했다

범 내려온다

문 닫아라
호랑이 바람이 들어온다
지금 막 살짝 열린 문틈으로
저 북쪽 나라에서 내려온 크다란 짐승이
싸한 바람을 몰고 들이닥친다

어느새 방 안 가득 들어찬 호랑이가 내뿜는 시퍼런 입김
간신히 덥혀놓은 구들장이 순식간에 식어가며
벽과 천장 여기저기 서릿발이 차오른다
호랑이가 한 걸음 내딛을 때마다
몰아치는 북풍한설

이불 뒤집어쓰고
덜덜 떨며 바라보는 호랑이
문풍지도 격자 창살도 바르르 떨며 겨울숲
메마른 삭정이 부러지는 소리를 낸다

문 꼭꼭 닫아라
머리카락 보일 틈도 없이

호랑이 바람이 일으키는 한 저녁의 눈사태
얼음장을 가르고 서걱서걱 휩쓸고 지나가는
호랑이 발자국 소리

범 범 범 내려온다
범 범 범 범 들이친다
방 안을 휘몰아친 호랑이 바람이
아랫목에 누운 아기를 덥석 아가리에 물고
한겨울 눈보라 속으로 사라져간다

배회

이 밤 화가는
박제된 얼룩말 머리를 앞에 두고
그림을 그린다

머리 없는 얼룩말이
머나먼 밤 들판을 어슬렁거리며
제 머리를 찾아 헤매는 동안

자욱한 안개 속 화가의 붓질 아래
풀숲 저편 버려진 공장 지대가 드러나고
건물 옥상 마다 급수탑이 얼룩말 머리처럼
저 아래 녹슨 기중기와 굴삭기를 굽어보고 있다

그림을 그리다 말고 소파에 널브러져 잠든
화가의 꿈속으로 저벅저벅
길 잃은 얼룩말이 들어선다
사방에 물감 얼룩 같은 피를 흘리며

녹슨 레일 따라

머리 없는 얼룩말이 밤새
버려진 공장 지대를 배회하고 있다
자욱한 안개 속 화가를 굽어보던 박제된 머리가
소파 아래로 떨어져 구른다

킬링 미 소프틀리

숲은 나무마다 그 뒤에 살인자를 한 명씩 숨겨두고 있지
내가 산책을 나갈 때마다 이 나무에서 쓱 저 나무에서 싹
칼이나 올가미 권총이나 망치를 든 살인자가 나타나 잠
시 나를 노려보고 사라지지
가까이 다가가도 직접 찌르거나 방아쇠를 당기지는 않아
그들의 손에 들린 칼날이 번득 내 눈앞을 스쳐 지나가
거나 그들이 멀리서 던진 돌멩이가 내 다리에 맞고 튕겨
나가거나 할 뿐이지
그때마다 잎사귀에 맺힌 물방울이 후드득 떨어지고 나
무 그림자 속에 숨어 있던 새들이 깃을 치며 날아오르지
살인자들과 술래잡기 놀이를 하면서 숲속의 오솔길을
한 바퀴 돌아 나오면
어느덧 내 온몸에 보이지 않는 상처가 나 있지
이건 며칠 전 내 목을 조른 올가미 자국, 저건 어제 내
관자놀이를 스치고 지나간 총탄 자국, 그건 오늘 아침 내
팔목을 베고 지나간 칼자국
숲 깊숙이 숨어 끊임없이 나를 노리는 암살자들을 남겨
두고 쓸쓸히 나는 돌아오지
매일 진짜 살인마들이 들끓는 대낮의 거리로

146

사거리 모퉁이를 돌 때마다 어둑한 지하도를 지날 때마다 여기서 쓱 저기서 싹 튀어나오는 연쇄살인마들

내 어깨를 툭 치고 씩 웃으며 지나가는 저 타락천사들

수인

돌벽을 마주하고 앉아
죄수는
열쇠를 쩔렁이며 멀어지는 간수의 발걸음 소리를 듣는다

독방의 어둠 속에
길고 구불구불한 구멍이 나 있고
그 길을 따라 한 짐승이 다가오고 있다

끝없는 열쇠 구멍 속의 길
연기처럼 사라지는 겹겹의 철문을 빠져나온 짐승이
낮게 으르렁거리며
죄수 주위를 맴돈다

차가운 돌벽은 차츰 죄수를 향해 조여 들어오고
죄수 이마가 마악 돌에 닿는 순간, 짐승이
보이지 않는 짐승의 헐떡거림이
그를 삼킨다

캄캄한 짐승 아가리 속에
길고 구불구불한 열쇠 구멍의 길이 펼쳐져 있다.

자화상

지난밤
장도리가 다가와
내 얼굴에 박힌 못을
다 뽑아버렸다

이 아침
못이 사라지고
못 자국만 남은 얼굴로 바라보는
텅 빈
거울 속의 나

망치를 들어
하나씩 내 얼굴 그 깊은 허공
캄캄한 별자리에 하나씩
못을 박아 넣는다

이제는 돌아와 거울을 깨는
내 염통처럼 생긴 새야

정명교
(문학평론가)

1. 상징의 숲에 비친 우울한 광경

남진우는 늘 꿈속을 거닐고 있다. 그것은 그가 '신성한 것'을 추구하기 때문이라는 사실은 널리 알려져 있다. 그는 "시는 정적 대상이 아니라 동적 작용이며 현실의 반영이 아니라 신성의 현현이다"라고 말했다.

언어는 차라리 하나의 사건이다. 그것은 돌발적이며 무에서 유를 창조한다. 힘의 분출로부터 연속적인 피어남이, 미지의 창조가 이루어진다. 천상에서 지상으로 강림한 언어라는 점에서 시는 성육신(incarnation)의 언어이다. 시란 곧 말씀의 육화로 피어난 꽃이다.[1]

시인의 신성 지향은 아주 잘 알려진 사실이며, 이번 시집에서도 다시 확인할 수 있다. 그러나 이번 시집에는 어떤 반대 정황이 출현하고, 심지어 그 반대 정황의 장면들이 본문을 압도하고 있다.

다만 그 장면은 신성을 부정하는 장면이 아니라 그것의 강도가 제로로 떨어졌거나 더 나아가 허수의 영역으로 넘어간 부정적 상태들을 보여준다.

신성의 허수의 영역에서는 무슨 일이 벌어지는가? 가령 다음과 같다.

> 일요일
>
> 폐허가 된 교회 정문 앞
>
> 한 손에 죽은 새를
> 다른 한 손에 지구본을 들고
> 그가 서 있다
>
> 달걀을 깨뜨리면
> 흰자 속에 피로 물든 눈알이 떠 있곤 했다

1 남진우, 「둥근 낙원과 흰 고름의 길」, 『나사로의 시학』, 문학동네, 2013, p. 68.

다시 깨뜨리면 주르륵

실뱀이 흘러나왔다

—「주일」 부분

　제목이 가리키듯 성스러운 날이다. 그런데 교회는 폐허
가 되었다. 교회 앞에 성직자가 서 있을 터, "그"라고 지칭
된 사람이 "죽은 새"와 "지구본"을 들고 있다. "지구본"은
현실을 은유하기도 하고, 현실을 들여다보는 거울 역할을
하기도 한다. 외면의 모양새가 그런 기능을 부여한다. 그
러나 그것의 원형, 그리고 지구의 형상에 모종의 질서를
구현했다는 점에서 "지구본"은 좀더 구체적인 상징이 된
다. "그것의 원형은 이중의 의미를 가질 수 있다. 세계의
지리적 총체성과 절대 권력의 법적 총체성이 그 둘이다."[2]

　그러니까 "지구본"은 영토와 권위의 대명사이다. 그것
은 '온 천지'와 '생의 법칙'을 대표한다. 그것을 한 사람이
들고 서 있다. 그 사람은 "지구본"이 암시하는 보편적 원
리를 운용하는 자이다. 그가 "죽은 새"를 함께 들고 서 있
으니, 그건 원리의 붕괴를 암시하는 듯하다. 과연 다음 연
에서 "지구본"은 "달걀"로 대체된다. 달걀이 신생의 상징
이라는 건 누구나 짐작할 수 있다. 이 달걀이 3연의 "새"

2　장 슈발리에, 알랭 게르브랑Jean Chevalier et Alain Gheerbrant,『상징사
전Dictionnaire des symboles』제2권(Che-G), Paris: Seghers, 1973, p. 378.

와 연결되면, 이 신생은 삶의 새로운 비상이라는 의미를 가진다고 할 수 있다. 그런데 이 달걀 안에는 "흰자 속에 피로 물든 눈알이 떠 있곤 했다". 달걀은 "눈알"로 교체되면서 훼손된 상태로 표현된다.

이는 신성의 파멸을 가리키는 것인가? 특기할 점은 "눈알"로의 변환이다. 이 장면 안에 사람은 '그'라고 지칭된 한 명뿐이다. 이때 '눈알'은 '그'의 눈알이라고 보는 게 타당하다. '그'는 지구본과 새를 들고 있는 사람이다. 즉 세계의 법칙과 희망을 주관하는 사람이다. 그렇게 보면 문제는 그의 눈알이 훼손된 것이다. 신성의 붕괴가 아니라 사람의 부실함에 원인이 있는 것이다. 눈알 다음에 출현한 '실뱀'은 그의 생산력의 조야함을 가리킨다.

이 점은 남진우의 신성 지향에 의미심장한 단서를 제공한다. 그가 신성을 의심하는 게 아니라는 것. 그의 신앙은 불변이다. 대신 그는 자신의 믿음의 신실성에 가혹한 눈길을 보내는 것이다. 그런 사정을 보여주는 시를 한 편 더 읽어 보자.

어두운 밤 그대는 잠들어 있는가
꿈의 바깥 바람 부는 거리를 서성이고 있는가

조금만 더 걷다 보면 길이 구부러지고
마지막 한걸음에 그대는 숲의 가장자리에 닿게 될 것

이다

어두운 밤 숲으로 들어간 그대는 어둠에 잠긴 숲 한 가운데서
욕조 하나를 발견한다

보이는가 새하얗게 빛나는 사기질의 욕조가
지금 숲의 빈터 두텁게 쌓인 나뭇잎과 덤불 사이에 놓여 있다

아직도 그대는 잠자고 있는가
그대는 천천히 욕조를 향해 걸어간다

세상의 처음부터 그대를 기다려온듯한 욕조가
거기 말갛게 신부처럼 다소곳이 기다리고 있다

그대는 욕조에 들어가 눕는다
편하게 눕는다 넥타이를 느슨하게 풀어헤치고 신발을 신은 채

그대 몸 위로 무성한 가지를 드리운 나무들
바람이 느리게 나무 사이로 빠져나가며 내는 무기질의 울음소리

욕조에 누운 그대 이마 위로 한 방울 물이 떨어져 내린다
　욕조에 비스듬히 기댄 자세로 누워 그대는 어떤 소식을 기다린다

　이대로 영원히 욕조에 안겨 비를 맞거나 햇볕에 타들어 가는 것도 좋을 거라 생각하며
　그대는 깜박 욕조 속에서 잠이 든다

　어슴푸레한 빛이 유리창을 물들이는 새벽녘
　그대는 침대 가장자리에 우두커니 앉아 있다

　저기 창 너머 나뭇잎과 덩굴에 휘감긴 채 멀어져 가는 욕조가 보인다
　욕조에 누워 아직 잠을 깨지 않는 그대가 보인다

　욕조에 누운 그대가 손을 뻗어 자신을 지켜보는 그대를 어루만진다
　침대에 앉은 그대가 흘린 한 방울 눈물이 멀리 숲을 향해 날아간다

표제작 「숲속의 대성당」이다. 각 두 행으로 이루어진 13

연의 시다. 앞서 본 「주일」과 마찬가지로 시 속의 장소는 교회이다. "그대"로 지칭된 주인물은 꿈을 꾸고 있는데, 화자가 보기에 그는 꿈 바깥으로 이탈해 있다. 반-꿈의 세계를 헤매고 있다는 얘기다. 이 역시 허수치의 신성에 대응한다. 화자는 인물을 신성의 영역으로 회귀시키려고 애쓴다. 즉 꿈의 이편으로 끌어들이려는 것이다. 그는 인물을 거듭 다그친다. "잠들어 있는가"에서 "잠자고 있는가"로의 미세한 언어적 변용을 통해, 인물을 각성 상태로 밀어붙인다. 그리고 인물, '그대'는 별다른 저항 없이 화자의 안내대로 꿈의 이상적 상태로 복귀한다.

이 회복된 꿈속에서 인물이 가닿는 곳은 숲의 빈터에 놓인 욕조이다. 이 욕조는 "새하얗게 빛나는 사기질"이며, "나뭇잎과 덤불 사이에 놓여 있다". 이 묘사로 보아, 이 욕조가 "숲속의 대성당"일 가능성이 크다. 색조는 순정함을 환기하며 장소는 모종의 갈라짐의 출발점이 되는 곳이다. 요컨대 성과 속, 구원과 추락 사이의 기점이다.

그렇다면 왜 '욕조'일까? 인류의 상상 창고 속에서 욕조는 "정화(精華)와 재생의 의미를 갖는다. 피타고라스에 의하면 육체의 정화는 속죄와 목욕재계를 통해서 이루어진다. 모든 입사제의는 목욕재계를 앞머리에 배치한다."[3] 기독교의 '세례' 의식을 상기하는 것만으로 충분하리라. 요

---

3 앞의 책, 제1권(A-Che), pp. 156~57.

컨대 이 시는 꿈의 정화를 목표로 하는 시다. 왜 꿈의 정화가 필요한가? 꿈이 방황하고 있기 때문이다. 그리고 이 방황은 숲의 타락에 연유한다. 그 타락을 "숲의 빈터 두텁게 쌓인 나뭇잎과 덤불" "그대 몸 위로 무성한 가지를 드리운 나무들" "창 너머 나뭇잎과 덩굴" 등이 암시한다. 따라서 꿈의 정화는 숲의 회복이다.

그러나 꿈은 정화되지 않는다. 마지막 3연에서 주인물 "그대"는 둘로 갈라진다. 침대맡에 앉은 그대와 욕조에 누운 그대. 이 분열은 현실과 환상의 분리를 의미한다고 보아도 무방할 듯하다. 직역하면 현실의 그대는 숲과는 무관한 침대맡에 앉아 있다. 반면 환상 속의 그대는 (꿈속에서) 숲에 있던 욕조 안에 있는데, 그 욕조는 이제 숲에 있지 않고 허공 위로 떠올라 멀어져 간다. 그 광경은 아련한 느낌을 주는데, 정직하게 가리키는 건 숲의 회복이 이루어지지 않았다는 사실이다. 욕조는 세정소로 변형된 성당이고, 그 변형은 숲의 타락으로 인한 것이기 때문이다.

그리고 침대맡에 앉은 그대는 꿈에서 깨어난 그대를 가리킨다. "어슴푸레한 빛이 유리창을 물들이는 새벽녘"의 시간이 그 점을 시사한다. 이때 화자는 앞서의 유도자의 기능을 끄고 순수한 관찰자로 돌아온다. 이 순간 그대와 화자는 하나로 합쳐지는 게 아닐까? 즉 화자는 신성을 찾아가고자 하는 자신의 방랑을 꿈의 거울에 비추어 보고 있는 것은 아닐까?

그렇게 해석하는 것은 이 시집을 '내면 성찰'의 시로 읽는 게 더 타당하다고 생각하기 때문이다. 다시 말하면 이 시집의 지향이 '신성의 획득'이라는 퍼시발(Perceval)적 편력이라기보다 지상에 신의 영광을 입히고자 하는 아우구스티누스적 명상[4]이라고 볼 때, 남진우 시의 면모가 제대로 드러난다고 볼 수 있다는 것이다.

2. 폐허—내면의 의미

다시 말하자면 이 시집은 현세의 타락이 배경인 것도 아니며, 미당이 「추천사」에서 갈망하는 것처럼 신성의 세계로 가고자 하는 마음이 작동하는 것도 아니다. 오히려 시인에게 중요한 것은 자신의 마음속에 여하히 신성의 신비가 깃드는가의 여부이다. '욕조'라는 상징을 택한 것도 그와 무관하지 않다. 왜냐하면 '욕조'에 대한 일반적인 상상은 앞에서 본 정신의 쇄신이라는 측면이 아니라 '관능'의 측면에서 전개되기 십상이기 때문이다. 시인은 상징의 모호성을 통해서 육체적 관심으로부터 정신의 쇄신 쪽으

---

4 "자신에 대한 멸시까지 무릅쓰고 신에 대한 사랑을 통한 하늘의 도시를 건설하[는 것]", 『신의 도시*La Cité de Dieu*』, 제14권 28장 1절, in Saint Augustin, *Œuvres, II La cité de Dieu*(coll: Pléiade), Paris: Gallimard, 2000, p. 594.

로 시의 방향을 돌린다. 그렇게 해서 첫번째 호기심은 어떤 난초와 식물이 흉내 낸 '암컷 곤충'의 향기와 색상으로 기능하며, 그에 이끌린 마음은 정신의 고뇌라는 이름의 꽃가루를 묻히게 되는 것이다.

따라서 여기서의 내성은 단순히 '안을 들여다보기' 혹은 자신의 심사를 묘사하는 것만으로 충분치 않다. 그 동작에 성찰이 들어차야 하기 때문이다. 그걸 두고 칸트는 "'나'를 자신의 표상 속에서 다루는 것"[5]이라고 말했다: "인간이 '나'를 자신의 표상 속에서 다룰 수 있다는 것, 바로 그것이 지상의 모든 존재를 넘어 인간을 무한으로 이끈 것이다." 그러니까 내성은 바깥으로의 자기 드러남 속에 있는 자기의 현존에 최대의 자유와 책임을 동시에 지우는 행동이라고 할 수 있다. 그 자유의 만끽과 책임의 감당만이 내성의 충분조건을 채울 수 있다.

이번 시집에서 남진우는 그런 내성의 충일 속에서 좌절하고 있는 듯하다. 「숲속의 대성당」의 뒷부분에서 '그대'의 몸을 담았던 욕조는 공중으로 부양한다. 그러나 각성의 시간 이편에 있는 '나'는 침대맡으로 장소를 바꾸면서 지상에 남게 된다. 이 욕조에 대해서 화자는 "세상의 처음부터 그대를 기다려온듯한 욕조"라고 말했다. 욕조는 '그대'

5 Immanuel Kant, 『실생활적 관점에서 본 인류학*Anthropologie du point de vue pragmatique*』, Trad. de Pierre Jalabert, in *Œuvres complètes III* (coll: Pléiade), Paris: Gallimard, 1986 [원본: 1803] , p. 945.

를 정화시켜 상승케 할 비행선이 될 것이다. 하지만 각성 중의 '그대'는 여기에 남고, "깜박 욕조 속에 잠이 든" '그대'가 아직 "잠이 깨지 않은" 상태로 욕조 속에 누워 하늘로 올라가고 있다. 그러니 '그대'의 상승은 가짜인 것이다.

얼마나 많은 시인이 이런 거짓 상승을 두려워했던가? 장 스타로뱅스키는 보들레르가 산정에 올라, '대기의 상쾌함'을 느끼고 속세로부터 벗어났다는 "순수한 정화"의 느낌에 젖는 순간, 갑자기 '불안'이 엄습해 왔던 경험을 전해 주고 있다.[6] 또한 그는 지고한 것을 추구한 키르케고르가 외부의 화려함을 등지고 내면의 성찰에 몰입하였지만, 자아의 실체성이 한갓 '헛된 구름(nuée)'에 지나지 않는다는 데에 절망한 사정도 들려준다.[7] 필자가 판단컨대 키르케고르의 이 절망은 그를 탐독했던 윤동주의 시에 바로 이어진다. "하늘을 우러러 한 점 부끄럼이 없기를/잎새에 이는 바람에도 괴로워 했"(「서시)」)던 그는 그러나 "교회당 꼭대기"에 걸린 "십자가"를 바라보며 "휘파람이나 불며 서성거리다가" "행복한 예수·그리스도에게/처럼/십자가가 허락되지 않"은 자신에 대한 애타는 감정에 괴로워했던 것이다.

6 Jean Starobinski, 『세상의 아름다움*La beauté du monde*』, Paris: Gallimard, 2016, p. 234.
7 Jean Starobinski, 『우울의 잉크*L'encre de la mélancolie*』 Paris: Seuil, 2012, p. 407.

여러 시인을 살펴본 이유는 남진우의 절망이 실은 지상의 존재가 감당할 수밖에 없는 정직성이라는 점을 확인하기 위해서이다. 그리고 그 점이 남진우 시의 '화려함'에 가리워져 이해되지 못한 측면이라고 할 수 있다. 혹은 모종의 회심이 일어나 남진우 시가 불현듯 방향을 선회한 것으로 이해할 수도 있다.

　어쨌든 이번 시집을 통해 남진우 시를 전혀 다르게 읽을 수 있다. 특히 남진우 시가 보여주고 있는 신성의 추구와 만연한 죽음의 이미지 사이의 어긋남이라는 어려운 현상을 맞이해, 타락한 현실을 매개자로 두고 죽음의 향유라는 자기 부정으로 해석하거나 아니면 세계의 파멸을 몸으로 체현하는 실존주의적(비극을 자청하는) 저항으로 간주하고, 그 결과에 대해서 아쉬워하거나 외면하는 것은 편리한 해석이기는 하나 시의 음미에 대해 불만을 남기게 된다. 이런 해석의 20세기적 관행은 이제 넘어서야 할 때가 되었다고 본다. 여기에는 썩 거창한 이유가 있지만, 여기에서 풀이할 일은 아닌 것 같고, 간단하게 이런 풍경의 제시에 세계를 감당할 책임을 화자가 자각하고 있다고 보아야 한다는 것만 지적해두기로 하자.

　「안개」는 그러한 문제를 비교적 쉽게 보여주고 있다. '나'는 안개 속으로 들어가는데, 그것은 안개를 "뜯어 먹"기 위해서였다. 다시 말해 안개를 무너뜨리기 위해 안개라는 호랑이 굴에 들어간 것이다. 그러나 안개와 드잡이하는 동안, '나'는 문득 깨어보니 내가 안개를 먹기는커녕 안개가 "소리 없이 나를 먹어치우고/끝없이 안개를 뿜어내고 있"는 결과를 맞이한다.

여기까지 읽으면 세상의 부정적 기운과 싸우다 그 부정성에 희생당한 한 인물의 비극적인 결말을 연상할 수 있다. 그러나 마지막 연을 보자.

> 안개 걷힌 자리
> 안개가 먹다 남긴 내가 서 있다
>
> ——「안개」 부분

안개가 걷혔다! "끝없이 안개를 뿜어내고 있"었던 안개가 갑자기 걷혀버린 것이다. 이러한 돌변은 지금까지의 '안개 상황'이 헛것, 즉 헛된 갈등과 투쟁에 지나지 않았다고 해석할 때만 이해할 수가 있다. 그렇다면 왜 6연이나 들여 안개의 재앙을 펼쳐 보였단 말인가? 마지막 행에 그 까닭이 숨어 있다. 조금 전까지만 해도 '나'는 안개에 삼켜졌다. 그런데 마지막 행에서 '나'는 여전히 현장에 남았다. 왜 그가 남았을까? '안개 문제'가 헛것이라면 그가 안개에게 삼켜졌다는 것은 환(幻)이었을 것이다. 그리고 그 환을 발생시킨 존재가 바로 '나'이다. '나'가 남은 것은 환을 만들어낸 책임에 대한 이행의 의무를 '나'가 깨달았기 때문이다.

"자코르 Zakhor!(기억하라!) 유대인에게 기억은 촉구이다"[8]라는 말이 있다. 「안개」의 '나'가 듣고 있는 말이 바로 그것이다. 이 메시지가 아니라면, '안개'라는 막연하기 짝이 없는 대기 현상이 모든 암시적 맥락이 제거된 채로, 왜 시 속에 등장했겠는가? 그 막연한 것을 만드는 행위가 문제였던 것이다.

결국 「안개」는 세상의 혼란에 대한 자신의 책임을 묻는 자기 징벌의 주제를 갖는다. 그리고 이런 맺음을 보여주는 시편들은 이 시집에서 자욱이 깔려 있다. 하나만 예로 들겠다.

> 입 헤벌린 채
> 온몸이 거미줄에 칭칭 묶여 지워져가는 꿈속의 나를
> 나는 텅 빈 눈으로 지켜보고 있네
>
> ──「깊은 밤 쓰러져 잠이 들면」 부분

3. 신비에서 비밀로

이 자기 징벌의 반복적인 출현은 시인의 인생을 순식간

---

8 Pierre Assouline, 『카몽도의 최후의 1인 *Le Dernier des Camondo*』 Paris: Gallimard, 2021, p. 73.

에 탄생의 순간으로 되돌려 놓는다. 지나온 생에 대한 처벌은 무화(néantification)의 행위이기 때문이다. 이 무화의 순간은 재생의 순간이기도 하다. 그런데 전반적으로 재생의 이미지는 눈에 띄지 않는다. 게다가 처음 인용된 두 편의 시에서도 보았지만 이 시집의 시편들에서 '서 있는 물상'은 대개 무기력한 모습이다. 첫번째로 인용된 시에서 '교회'는 "폐허가 된 교회"이다.

'서 있는 물상'은 세상의 수많은 시들에서 누누이 출현했던 것처럼 생의 지주를 표상한다.[9] 특히 '서 있는 물상'은 인류의 보편적 상상력 속에서 '나무'로 표상되기 일쑤인데, 유사한 정황에서 '나무'가 "영원한 재생"을 상징한다는 것은 미르체아 엘리아데에 의해 분석된 바가 있다.[10] 이에 비추어 생각하면, 서 있는 물상의 '폐허성'은 재생의 불가능성을 가리킨다. 그래서 두번째로 인용된 시의 배경은 '숲'인데, 이 숲에는 나무가 전혀 부각되지 않고 뜬금없이 '욕조'가 덩그러니 놓여 있다. 다음과 같은 시구도 같은 맥락에서 볼 수 있다.

숲은 나무마다 그 뒤에 살인자를 한 명씩 숨겨두고

9 이에 대해서는 필자의 『한국 근대시의 묘상 연구』(문학과지성사, 2023)를 참조해주기 바란다.
10 Mircea Eliade, "영원한 재생으로서의 살아있는 우주", 『종교사론 Traité d'histoire des religions』, Paris: Payot, 2004 [1949] , p. 274.

있지

　내가 산책을 나갈 때마다 이 나무에서 쓱 저 나무에
서 쓱

　칼이나 올가미 권총이나 망치를 든 살인자가 나타나
잠시 나를 노려보고 사라지지

　　　　　　　　　　　　　——「킬링 미 소프틀리」 부분

　그렇다면 이 시집은 절망의 시인가? 이런 짐작은 방금
전에 읽은 「안개」가 책임을 촉구하고 있을 뿐, 수행할 일
에 대해서는 침묵하고 있다는 점에 의해서도 강화된다.
그리고 이런 진단은 비애감을 자아낸다. 무려 40년이 넘
는 시력 속에 평생 신비를 추구했다고 알려진 시인의 마
지막 운명처럼 비칠 수 있기 때문이다.

　그러나 좀더 자세히 들여다보면, 다른 면모가 보인다.
앞서 인용한 「주일」을 다시 읽어보자. 교회는 폐허가 되었
으나, 다른 한 존재인 '그'는 다른 모습으로 표현된다.

　　　한 손에 죽은 새를

　　　다른 한 손에 지구본을 들고

　　　그가 서 있다

　"죽은 새"는 분명 '폐허'와 동일 계열에 속한다. 그러나
"다른 한 손"에 들린 "지구본"은 무엇인가?

앞에서 그것을 폐허의 투시로 읽었다. 그런데 어쨌든 그것은 폐허와는 다른 것이다. '투시'라는 행동이 덧붙었기 때문이다. 물론 '투시'가 살아 있는 무언가를 포착해내지 않는 한, 그 투시는 도로에 그칠 수도 있다. 그 점을 조사하기 위해 다음 시를 보자.

> 총소리 울려 퍼지고
> 새장 속의 새 한 마리 창밖으로 빠져나간다
>
> 지금 막 가지에서 떨어져 나온
> 사과 한 알 허공으로 빨려 들어가며
> 점점 어두워지는 하늘에
> 사과빛 노을로 번져나간다
>
> 다시 총소리 울려 퍼지고
> 산산조각 난 새의 몸을 비집고
> 열쇠들이 짤랑거리며 대기 속에 흩어져 내린다
>
> 새장이 닫히고
> 횟대 위에 앉은
> 묵직한 열쇠 꾸러미를 든 노파가
> 하염없이 나를 노려보고 있다
>
> ——「죽은 왕녀를 위한 조곡」 전문

이 시의 제목은 중복 조작을 거친 듯하다. 우선 제목의 큰 줄기는 모리스 라벨의 「죽은 왕녀를 위한 파반느*Pavane pour une infante défunte*」에서 차용한 것으로 보이는데, '파반느'가 '조곡'으로 바뀌어 있다. 음악 용어로서 '조곡'은 '組曲', 즉 'suite'를 가리키는 것으로 짐작할 수 있는데, 제목의 '죽은 왕녀' 때문에 '弔曲' 혹은 '弔哭'의 뜻으로 읽을 수도 있다. '파반느'는 16~17세기 유럽에서 유행한 느리고 장중한 춤곡을 가리키는데, 그 분위기로 미루어 애도를 위한 것이라 짐작할 수도 있다.[11]

그러나 연속되는 곡 모음이라는 뜻의 '조곡(組曲)'의 의미도 개입해 있다고 볼 수 있다. 두 번 총소리가 울려 퍼졌고, 각각 전개된 사건이 다르다.

여하튼 두 사건들이 매우 막연한 건 「안개」와 비슷하다. 총소리가 울려 퍼지고 그 언저리에 새가 있었다면, 일반적인 사건은 둘 중 하나일 것이다.

(1) 새가 날아갔다.

(2) 새가 총에 맞았다

11 그러나 '파반느'는 원래 애도를 위한 곡이 아니다. 프루스트의 다음 구절은 '파반느'가 친교를 위한 춤곡이라는 것을 적절히 보여준다. "이런 매력은 꽤 멀리 비교적 훌륭한 집안에까지 알려져, 그런 집안에서 파반 무용곡을 출 때면, 좋은 가문 소녀보다 알베르틴에게 부탁할 정도였다."(『잃어버린 시간을 찾아서 4─꽃핀 소녀들의 그늘에서 2』, 김희영 옮김, 민음사, 2014, p. 483).

이 시에 제시된 사건들은 위 두 경우에 얼마간 합치한다고 할 수 있다. 첫 두 연의 광경은 (1)에 해당할 듯하다. 단 "새장 속의 새 한 마리"가 "창밖으로 빠져나"는 모양은 어울리지 않는다. 다만 '새장'을 공간 전체에 대한 비유로 읽을 수는 있다. 그렇게 보면 이 연에서 "총소리"는 해방을 알리는 신호이다. 그런데 제 2연이 1연의 사건을 연장하고 있다고 보면, 해석이 야릇해진다.

우선 "새"가 "사과"로 변용되었다. "사과"는 "가지"에서 떨어져 나온다. 이때 가지는 '서 있는 물상' 즉 '나무'의 약화된 형태로 볼 수 있다. 따라서 사과가 가지에서 떨어져 나오는 것은 숙성을 뜻하지 않고 해방을 뜻한다. 그러니 떨어진 사과는 지상으로 내려가지 않고 허공으로 빨려들어간다. 사과는 새가 되었다. 그런데 이어지는 시행은 이 해방이 죽음을 대가로 치러야 한다는 것을 보여준다. 왜? 아무런 생의 자원이 없기 때문이다. 그가 빠져들어갈 하늘은 죽음의 장소에 불과하다. 그래서 사과는 "점점 어두워지는 하늘에/사과빛 노을로 번져나간다". 사과는 죽어가는 하늘이 흘린 피가 된다.

「안개」에서 '안개'와 '나'가 먹고 먹힘의 대대관계를 보여주었다면, 「죽은 왕녀를 위한 조곡」에서 '새'와 '사과'는 해방과 죽음의 양면성을 보여준다. 그리고 '사과'로 변형된 이유를 알 수가 있다. '사과'는 이 시집에서 이 시편에서만 나온다. 따라서 '사과'의 존재 이유를 알기가 쉽지 않다. 시인의 다른 시집에도 사과는 드물다. 하지만 의미심장한 암시가 있다. 이런 시구를 보자.

> 거북이 등 위에
> 사과나무 한 그루 그 꼭대기에 앉아
> 지저귀고 있는 새 그 부리 끝에
> 이른 아침 제일 먼저 날아와 부딪치는 바람
> 산산이 부서져 흩어지는 바람의 부챗살 아래
> 한 이랑 두 이랑 번져가는 잎파랑
> 멀리 지평선을 향해 드리운 사과나무 가지에서
> 툭
> 잘 익은 해 하나 떨어져 내리면
> 새는 문득 울음을 그치고 깊은 고요 속에서 깨어난 거북이
> 목을 내밀어 아득한 하늘 그윽이 쳐다보고
>
> ——「새벽, 한낮, 해질녘」[12] 부분

우선 사과는 해의 변용이고, 해는 천상의 보존된 핵자임을 알 수가 있다. 다음 사과는 번져감이라는 운동을 동반한다는 것이다. 이 시에서 바람의 번져감에 사과가 합

---

12 남진우,『사랑의 어두운 저편』, 창비, 2009, p. 66.

류했다면, 「죽은 왕녀를 위한 조곡」에서는 사과가 '사과 빛'으로서, 번져감의 동작 자체를 실연한다. 첫번째 정보에 기대면 '사과'는 생명의 불씨이다. 그런 사정은 사과를 일컬어 "거기 두근두근 열린 태양의 과실들" "내 손바닥 위에서 팔딱이는/붉고/동그란/심장"[13]이라는 표현에서도 확인할 수 있다. 또 다른 시에서 '사과'는 밤의 침입자, '거미'를 죽이는 '살해 도구'가 되기도 한다.[14] 다음 두번째 정보에 의하면 사과의 기능은 인체에 혈맥이 흐르듯, 퍼져나가는 운동을 통해서 발휘된다는 것이다.

이에 근거해 「죽은 왕녀를 위한 조곡」의 첫 두 연을 보면, '새'의 변용으로서의 '사과'는 "점점 어두워져가는 하늘" 안을 흐르는 혈액이라고 읽을 수 있다. 앞서 '새'의 첫번째 모습을 '해방'이라고 보았는데, 이제는 차라리 '삼투'라고 보아야 할 것이다. 즉 새는 하늘로 날아간 것이 아니고 하늘 안으로 스며든 것이다. 다음, 새의 두번째 모습을 '죽음'으로 보았는데, 이제는 죽어가는 하늘의 '수혈(輸血) 자'로서 파악된다. 즉 '새―사과'는 어두워져가는 하늘에 흡수된 것이 아니라 죽어가는 하늘에 생기를 불어넣으려는 행동의 실체인 것이다.

'해방/죽음'은 '삼투―수혈'로 행동 양식을 바꾼다. 이러

13   남진우, 「꿈」, 『새벽 세 시의 사자 한 마리』, 문학과지성사, 2006, p. 10.
14   남진우, 「범행의 흔적 1」, 『나는 어둡고 적막한 집에 홀로 있었다』, 문학동네, 2020, p. 76.

한 전개는 두번째 총소리 이후의 사건, 즉 제 3, 4연에 반향한다. 원래 '조곡'에서 연속되는 곡 사이에는 많은 자유가 허용된다. 다만 둘 사이에는 '어조상의 연결' 혹은 '스타일의 일치'가 있어야 한다.[15]

3, 4연은 1, 2연에 이어서 어떤 변화를 보여주는가? 이 물음이 의미심장한 것은 남진우의 이번 시집의 진정한 새로움을 확인하는 여부의 관건이 걸려 있기 때문이다.

1, 2연에서 일어난 이미지의 작동은 죽음을 생으로 돌리는 데 있어서 썩 조리 있는 내부 원리를 구축했다. 이것만 해도 그의 시편들이 겉보기와는 달리 매우 역동적이라는 것을 알 수 있다. 이는 표면에 이미지 조작을 현란하게 하는 것과는 다른 것이다. 게다가 이 이미지 작동을 통해서 겉으로 표출된 절망의 분위기가 생의 의지로 전환하였다는 것은 이것이 기교를 넘어서는, 다시 말해 공적 효과를 갖는, 실천의 성질을 띤다는 것을 가리킨다. 순수한 이미지의 움직임만을 통해서 이런 전환을 일으켰다는 것은 남진우 시의 내부적 운동의 밀도가 여간 찰진 게 아니라는 것을 보여준다.

그러나 모든 생이 다 의미 있는 것은 아니다. 그 생에 구체적인 형식과 내용이 부여될 때만이 살아야 할 의의를

---

15 『프랑스어 보고 *Trésor de la Langue Française informatisé*』http://stella. atilf.fr/Dendien/scripts/tlfiv5/advanced.exe?8;s=1420554000;

얻는다. 독자는 3, 4연에서 그 점을 기대한다.

그 기대는 1, 2연과 3, 4연의 구조적 정합 관계에 의해서 힘을 얻는다. 3, 4연은 '총소리'와 '새'가 출연하는 일반적 광경으로서의 두번째 경우, 즉 '새가 총에 맞았다'를 바로 보여준다. 1, 2연의 '새가 날아갔다'에 정면으로 대응한다. 1, 2연의 '날아감'의 심층구조에선 '해방/죽음'을 '삼투-수혈'로 바꾸는 이미지 작동이 일어났다. 최종적인 행동 양식은 '날아감(dégagement)'이 아니라 '들어감(engagement)'이었다.

3, 4연은 이 '들어감'의 연장선에 있으면서 표면 거울은 1, 2연의 반대 양상을 보여준다. 여기서 '새'는 총에 맞았다. 그러나 1, 2연의 연장선상에서 해석하면, 이 광경은 '새'의 자기 해체, 즉 '새'가 품고 있는 해방 이미지의 헛됨을 폭로하고 있는 참이다. 그 폭로를 통해서 새는 해체되고 "열쇠 꾸러미"로 재조립된다.

왜 "열쇠 꾸러미"인가? 이것이 핵심이다. 3, 4연은 해방 이미지, 즉 환의 폭로로 끝나지 않는다. 환에 감싸였던 사실은 여전히 남아 있다. 그것을 제대로 이해할 과제를 화자는 맞닥뜨린 것이다. 그래서 새가 총에 맞아 죽어서 열쇠꾸러미로 변화했는데, 횟대에는 그 열쇠꾸러미를 든 "노파가/하염없이 나를 노려보고 있"는 것이다. 새는 "산산조각" 나 죽었지만, 새가 '있었다'는 사실은 죽지 않는다. 따라서 '새'의 환은 어떻게 발생하여 '나'의 생애를 형성하였는가,라는 물음이 화자의 책무로서 주어진다. 왜냐하면, 환의 피어남으로부터 그 몰입과 좌절을 거쳐, 환에 대한 각성에 이르기까지에 걸쳐 형성된 화자의 생애 전체가 오늘의 각성이라는 도달점의 근원이기 때문이다. 그러니 각성이라는 상태의 도달점은 느닷없이 획득된 게 아니다. 그것은 현재의 상태에 대한 극단적 반대항을 포함해 무수한 변이형들의 출몰과 길항과 조합의 총화이다. 만일 이 기나긴 과정의 구조와 운동을 해명하지 않는다면, 현재 상태로서의 각성은 단지 일회적인 우연에 지나지 않을 것이며 따라서 곧바로 그 상태 자체가 와해되고 말 것이다. 그것을 지속 가능한 어떤 진화의 역선 위에 놓는 것은 오로지 저 생애 전체를 해명하는 것뿐이다.

이로부터 각성은 비밀을 만든다. 1, 2연을 통해 형성된 생의 기운이 죽음의 형식을 띤 게 3, 4연의 초입이라면 그것은 이제 각성을 통해 비밀을 품게 된다. 즉, 1, 2연이 '해방/죽음' → '삼투-수혈'의 변환을 보여주었다면, 3, 4연은 '생/죽음' → '각성-비밀'의 변환을 보여준다.

이 변환의 최종적인 현상은 생애의 결산으로서의 신생이고, 따라서 이 신생은 생애 전체의 복기와 부정 그리고 재의미화를 거친다. 그러한 사정이 다음 시구에 충격적으로 제시되어 있다.

순간 굳게 감은 내 눈꺼풀을 가르며, 빛이, 무서운 빛이, 쓰윽, 쳐들어왔다. 너무도 강렬한 빛이, 내 눈을, 하얗게, 태워버렸다 꿈속에서 눈이 먼 채 나는 외쳤다.

왜 왜 왜
너는 나에게 이런 꿈을 가져다주고 만 것이니?
나는 이런 빛을, 이러한 뜨거운 빛을 꿈꾼 적이 없어

아득히 멀리서 그의 웃음소리가 메아리쳐 왔다
조심해 이제 바로 기둥이 무너져 내릴 거야

그의 망치가 내 정수리를 깨부수는 소리가 들려왔다

이 마지막 현상의 후일담을 시인은 이렇게 기록한다.

안개가 걷히고
마당 한가운데 호두나무에서 호두알들이 우수수 떨어져 내렸다.
——「은수자(隱修者)의 꿈」부분

빛(각성)이 눈을 태운다는 것은 인류의 신화와 역사에서 오래 되풀이된 문화적 이미지 중의 하나이다. 그 태움은 인식의 근본적 전환을 위한 '에포케'에 해당한다. 또한 이 환원은 환경("기둥")의 환원과 생애의 환원으로 필경

이어져야 한다. 인식·환경·존재의 동반 해체·형성이 전개되지 않는 한 신생은 실질적으로 불가능하다. 따라서 "그의 망치가 내 정수리를 깨부수는 소리"라는 시구는 이미지인 동시에 정황과 실물 차원에서 한꺼번에 작동하는 것이다. 그것이 제대로 작동했을 때 한 줌의 에너지를 겨우 얻는다. "마당 한가운데 호두나무에서" 떨어진 "호두알들"이 그것이다.

이미지의 전개상으로 보면, 이 호두알들은 사과→사과빛(혈액)이 존재 구석구석에 흘러 퍼지며 맺은 결과물들이다. '왜 하필이면 호두인가?'를 물을 수는 없다. 호두가 아니어도 좋다. 다만 모든 생명은 자신을 소진해서 다른 것을 만들어낸다는 것을 이 '호두알들'은 환기시키고 있다.

이는 단순히 생명의 변이에 관한 얘기가 아니다. 오히려 비밀의 난제를 가리키는 것이라고 읽어야 한다. 다음 시구를 보자.

> 달려라 생쥐야 둥근 숫자판을 달려
> 꼬리에 붙은 불꽃이 네 온몸을 불덩어리로 만들기 전에
> 갉아먹어라 생쥐야 유리와 철과 크롬으로 도금된 세상을
> 아직 너는 태어나지 않았지만 째깍
> 이미 너는 죽은 다음이란다 째깍

얼어붙은 시간을 일초 일초 힘겹게 밀어내면서
불타는 햇빛 속에서 시계가 녹아내리고 있다
　　—「불타는 시계는 얼어붙은 시간을 녹이지 못한다」 부분

　　시계가 불타는 이유는 "얼어붙은 시간"을 녹여버리기 위해서이다. 즉 무언가 새로운 시간대를 만들고자 하는 것, 즉 혁명의 욕망에 추동되고 있기 때문이다. 연소의 격렬한 속도를 생쥐의 질주에 비유하였다. 생쥐는 시침과 분침 위로 재빠르게 움직이는 초침을 가리킨다. 이 생쥐의 활기는 시간을 빨리 흐르게 하고자 하는 욕망으로 활활 타오르고 있다. 그러나 생쥐가 열심히 달려 한 바퀴를 돌면, 분침은 겨우 한 걸음 나아갔을 뿐이다. 그렇게 느린 분침이 한 바퀴를 돌았을 때, 시침은 겨우 한 걸음 나아갈 것이다. 시 제목의 뜻이 그대로 투영된 광경이다. 그렇다면 불타는 시계는 무엇을 의미하는 것인가? 실제로 불타는 시계는 "불타는 햇빛"이 투영된 시계, 즉 햇빛을 받아 햇빛의 욕망을 받아 불타는 척 보일 뿐이다. 그 욕망을 충실히 받아서 열심히 질주해봤자, 시간은 녹지 않는다. 오히려 시계 자신이 녹을 뿐이다.

　　그렇다면 시간은 요지부동인가? 즉 혁명은 불가능한가? 그게 아니라 그 치열한 전투의 시시각각의 결과로 "일초 일초 힘겹게" "얼어붙은 시간"이 물러나고 있다는 게 중요한 것이다. 바로 이것이 전존재(인식·환경·존재)의 전

생애가 한없이 느린 슬로우 모션으로 행하는 것이다. 비밀의 실체가 그러하다.

4. 음미 혹은 해석의 '길이'에 대하여

이제 남진우 시의 죽음과 신생 사이의 혹은 신비와 비밀 사이의 알고리즘이 얼마간 해명된 듯하다. 이로써 '신성성'에 대한 시인의 공개 구애가 너무 활짝 열린 현상에 대한 여파로 그 위를 덮고 있던 이런저런 '오만과 편견'을 걷고 그의 시의 본심이라고 할 만한 장소에 다가갈 수 있었다고 필자는 생각한다. 독자 중엔 필자의 해석적 제안을 당장 실험해보고 싶어 할 분들도 있을 것이고 아니면 막 지상에 떨어져버린 편견의 매혹적 조각들을 다시 주워 남진우 시의 담장을 장식하려 할 분도 있을 것이다. 어떤 행동이 되었든, 독자에게 주어지는 일의 무게는 그리 가볍지 않다. 필자가 가장 공들여 권유하는 것은, 어떤 시의 해석이든 거기에는 그 시가 출현하기까지의 시 쓰기의 전 과정을 통과하는 의지와 그 수행에 대한 고찰이 선행되어야 한다는 것이며, 그 수행이 부정 혹은 자기 소진의 방식으로 수행될 때에만 미래의 세계가 열린다는 것이다. 그런 제안을 한 필자의 이 글이 실제로 그것을 '행하였는가'라는 물음도 실험 목록에 포함되어야 할 것이다. 그 의혹

의 연장선상에서 남진우의 예전 시집들과 오늘의 시집의
관계를 어떻게 '설정'할 것인가, 역시 썩 흥미롭게 물어봄
직하다.